Shimabito Katariuta

海比人
Amabito

島《しま》人《びと》語《かたり》歌《うた》

文芸社

目次

島人語歌《しまびとかたりうた》

＊

途阿琉島《とあるしま》に旅をした。

「珍しいな。こんな島があったんだ」と、地図で見つけ、その名前に興味を持ったのが旅の始まりだった。果無県《はてなしけん》の果乃町《はてのまち》、果南《はてな》漁港から船が出ている。小さな連絡船だった。波にゆられ、その心地よさに身を任せていると、うとうとして、知らずに寝入っていた。

「お客さん、着きましたよ」、船人《ふなびと》の声で目が覚めた。

港は戻名港《もどりなこう》と言った。

私が島に降り立った時、その人は私の前に立っていた。私を迎えてくれたのだ。周りの雰囲気がどこかおぼろで足元もなぜか浮いているようで、夢でも見ているのだろうかと妙な感覚だった。

その人は島の案内人だという。華奢で小柄な老人だった。真っ白な髭をたくわえていた。頬から顎にかけて、胸の中ほどまで届くような見事な髭だった。髭は真っ白だが、背筋はぴんとして一本すじが通っているようで、見かけより若いのではと思った。

上下が色違いの作務衣のような物を着ていた。上が薄緑、下が鮮やかな青。オレンジの鼻緒の草履をはいていた。さしずめ、エメラルドグリーンとコバルトブルー、原色の花、と島に相応《ふさわ》しいコントラストの印象だった。

「老成子《ろうせいじ》と言います。老いて成る子と書きます。『ろう　せいじ』です。ようこそ、途阿琉島へ。わたしが島の案内をいたします」。丁寧な老人だった。

「あ、どうも、五来多乃《いつきたの》です。よろしくお願いします。初めての方に、こんなこと、失礼かもしれませんが、……珍しいお名前ですね。老さん……、下のお名前が成子《せいじ》さん……どこか平安朝のかほりがしますね。和歌を嗜むとか」

「アハハ、皆さん、そう、おっしゃいます。いや、お客さんも、また、珍しいお名前で……五来多乃《いつきたの》……、毛来内《もうこない》、って返事したくなりますよね」

「ええ、子供の頃、よくからかわれました。お前ん家《ち》、もう行かねえよ、って。子供ごころに、自分の名前はどこで切るのか。イッキ・タノかイッツ・キタノか」

「いやいや、そのお名前、考えたのだとしたら、しゃれの上手なご両親だ」

「ええ、父が落語好きで、名前を楽しめ、何でも楽しめ。名前なんて仮の住まいだ、何かの縁だ、なんてわけの分からない無責任なことを言ってまして、変わった父親でした」

「この島に相応しい。話が弾みそうで、……これは楽しみだな。今夜は、島の若いのを呼んで賑やかにやりましょう。さ、行きましょうか。荷物はその手さげのバッグだけですか？　さ、歩いて行きましょう。この島には乗り物はありません。バス、タクシー、そう自転車もありません。島の住人はね、ずいぶん軽快ですよ。みんな飛ぶように歩きますから。見てると面白いですよ。あなたも、すぐに慣れますよ。さ、歩きながら話しましょうか」

　華奢な老人、老さんは、先に立ってすたすたと歩き始めた。真っ白な道だった。

「アスファルトとか現代的な舗装はしてないんですよ。まぁ、何が現代的か分からないけど。これ、ナウサ道と言います。この島はサンゴ礁の隆起でできていますから、老いたサンゴがサンゴ石として残り、砕けて砂のようになります。これを島の言葉でナウサと言います。島独特の道の舗装に使うんです」

空は雲ひとつなく南国特有の抜けるような青空が広がっていた。ゆく道々には色鮮やかな花々が心をなごませる。夢のような絶景だった。

「陽射しがこんなに強いのに暑さを感じないですね。汗ひとつかかない。季節は夏でしたよね」

私はうっかり季節を忘れていた。島の風が記憶を消していくようだった。

「この心地よさは何ですかね。気持ちいいなぁ。それに、風に甘いかほりがのって……花のかほりですね。果実のような感じもある……」

老さんはうなずくように言った。

「ええ、ええ、皆さん、そうおっしゃいますよ。わたし？　ええ、島人《しまびと》ですよ。生まれてからずっと、この島で暮らしています。生粋の島人です。この島から出たことはありません。ずっとここです。歳？　きれいさっぱりと忘れました。島にいると、歳を忘れますよ。この島にはすべてがありますからね。どこに行く必要もありません……。ん？　すべて、なんて……どこか違和感がありますか？　……ありますよね。皆さん、そうですよ。そりゃ、そうですよね。こんな辺鄙な小さな島に、すべて、なんて、何のことだろう、ってね。大体、四方海に囲まれて、毎日、大海原を眺めて過ごしていますからね、そりゃ、気宇壮大、誇大癖とでも言うような気質が生まれるのも分からないではありませんがね。でもね、それは、この島の不思議を知らないから、そう思うんですよ。

それに、大事なことを言わなきゃならない。びっくりするでしょうけど、この島には電気もないんですよ。発電機は当然ありません。テレビ、冷蔵庫、エアコンなどの電化製品、コンピュータ、そうゆうものとはまったく無縁です。パソコンは手持ちのバッテリーが切れたら機能停止です。夜はネットでユーチューブなんて、できませんよ。夜は『潮騒のメロディー、星空のディスタンス、見上げてごらん夜の星を』と、ひたすら、自然を満喫することになります。何より天然自然の島でございます。携帯電話はバッテリーが切れたら充電できませんから。風呂ですか？　あぁ、島にはとっておきの温泉があります。飲み水は地下水が溢れるほど豊富です。飯炊きはカマド。夜の明かりは、月と星、これ以上の明かりが欲しければロウソク、昔ながらのランプです。ロウソクは畑があります。ランプの油は樹液を濾して油分を作ります。これだけあれば充分でしょう。島人は夜目《よめ》がすごく発達しているんですよ。ここでは島目《しまめ》と言いますけどね。他には……、あとは明日の楽しみとしておきましょう」

ロウソク畑なんて、また、奇妙なことを言うものだと思った。

老さんはよく喋った。淀みなく言葉が出てくる。

「えっ？　電話、郵便、役所？　……それがねぇ……、こんなこと、ここでいきなり言っていいのかなぁ、いや、その、何ですよ。……一切ないんですよ。いや、それでやってきましたからね。……何で、ね、やってゆけるのか、やってこれたのか。不思議なことで、まぁ、現世の空白地帯とでもゆうのでしょうかねぇ。くわしく説明できる人って、ここにいるんでしょうかねぇ……あなたにしても、何の連絡したわけでもないのに、わたしが待ってたわけでしょう？　それで、まるで予約でもしていたかのように、お互い何の疑問も持たず、ごく自然に挨拶してたわけですからね。ま、神さまのお導きとでもしておきましょう」

そう言われると、そうだ。ごく自然に、老さんの「さ、行きましょうか」に乗せられて歩いている。島の空気だろうか。妙な感覚だ。先が楽しみと言うのか、ここに何があるのか、どこか、気持ちが軽くなっていた。

老さんは速足ですたすたと歩きながら、汗もかかず息も切らさず喋りまくった。

「……、ええ、ええ、そこなんですよ。……えっ？　あ、はい……まぁ、そういうことを、皆さん、疑問に思うようですけど、……ええ、……いえいえ、そんなことありませんよ……まぁ、これで、やってきましたから……ええ、そういうことで……」

付いて行くのがやっとだった。白い道を二十分ほど歩いた。

いつの間にか老さんの家に民泊することになっていた。家に着くと、初老の婦人を紹介された。

「妻のイルでございます。お世話させていただきます。どうぞ、島をお楽しみください」

「あぁ、ご丁寧に、どうも、恐縮です。五来多乃《いつきたの》です」

私は、挨拶もそこそこに、そのご婦人のお名前が気になっていた。老さんがそれを察して口を挟んでくれた。

「フフフ……、おや？　またか？　と、思ったでしょう？　どうですか？　『老いて成る子』から『老イル』じゃあ、この二人、どうゆう、あれなの、って」

「ええ、まぁ、……。ねえ、そうなりますよ、自然のなりゆきとして、いや、失礼……」

「妻のイルは、父親が仏教学者で、『この世はマーヤである』という仏陀の言葉から、最初はマーヤという名前を考えたようです。しかし、日本名にすると、どこか平凡で、仏陀の母親も摩耶《マヤ》ですし、と他に考えたところ、マーヤは梵語で、日本語に訳すと幻想という意味に近い。それで、英語の幻想・イルージョンのイルをとり、『イル』という名前になったと父親が説明していました。妻は旅人です。草花の研究家でこの島に興味を持ち、島の美影草《みかげそう》に魅せられ、島に長居のまま、わたしと結ばれるはめになりました。実家の姓は『全《ぜん》』です。結婚する前は、『全イル』さんですよ。面白いでしょう。『全《すべ》てこの世はイルージョン、やがて人は老《お》イル』。それが、『老いて復《また》子に成《もど》れり』の配偶者になったわけですから。何の因果がこの世を支配しているのか。この島にいると、そうゆうことを考える日々となります。ええ、わたしの名前の由来は漢詩の一節からきています。『老復成子』です。作者は不詳です。父親の名前？　そうですね、帰るまでのクイズとゆうことで、どうでしょうか」

妻のイルさんは、笑みを浮かべ、時々くすくす笑いながら、成子《せいじ》さんの話を聞いていた。この婦人《ひと》は美しい、と思った。髪は真っ白で短くカットされ、少しウェーブがかかって、銀髪と金髪が入り交じりキラキラしている。目は茶色がかってハーフのような印象もある。花柄の派手なアロハシャツに細身のジーンズ。鼻緒が濃紺の草履で足元を締めていた。島の緑の中で、ひときわ映えていた。妙にお似合いのと言うのか、アンバランスと言うのか、いやいや、絶妙のカップルだろうと、私は思った。

「あとで、美影草《みかげそう》とか美影《みかげ》ボカシの実《み》のところまでご案内しましょう」

と、イルさんが言った。

「植物、特に草花の気《オーラ》に興味を持ってあちこち歩いていましたのよ。それで、とうとう、美影草の発する気に魅せられて、この島に長居してしまいました。そうね、あたし、美影草に恋してしまったのかもしれないわね」

*

島には宿泊施設がない。電話は通じないので、旅人はいきなり来て、泊まる場所探しから始まるようだ。民泊かテントを張り野宿ということになる。観光資源というほどのものもない。青い海、白い砂といったところで、似たような島で、ホテルの完備されているところは他にいくらでもある。

お茶を飲みながら、島の青年、創吉《そうきち》が言った。

「別に、そういうことに力を入れていないからね。まぁ、旅人が年間百人程度だし、一度来たら、もう来ないね。別に、島はそれでいっこうに構わないんだけどね。そんなもんだろう。

あぁ、子供ね、そうね、子供は天からの授かりものだからね。森の守り神様に呼ばれて森に行くとする。そうすると、守り神様の側に可愛らしい赤児が草のクッションの上で、すやすや寝息を立てている。そういうことさぁ。

何？　男女の営み？　そんな面倒くさい手続きはここにはないよぉ。この島にはいりませんよぉ。この島の住人はね……前世でね……そんなこと、飽きるほどにやってきたからね、もう沢山ってところですかね。ガツガツ、ドロドロの愛憎劇を前世で演じてきたからねぇ、もういりませんよぉ。天からの授かりもので有り難いですよ。何で、ヒトはあぁゆうつまらないことに血道をあげてせっせと励むんですかね。年中発情期はヒトだけだからね。何というか、修行が足りないのかねえ。アッハハハ。

あれはね、首のうしろの第三頸椎のあたりにマイクロチップを埋め込まれているって聞いたことがありますよ。発情チップって言うらしいけど。何で、腰椎じゃなくて頸椎三番なのか。これには理由があるんですよ。発情は腰椎が支配しているけど、ヒトの場合は情欲だからね、脳の問題なのよ。頸椎三番が季節を忘れた情欲を促すつぼらしいねえ。誰に埋め込まれたかぁ？　あぁ、知っているけど、言いませんよ……。アッハハハ。何？　娯楽？　ここは極楽ですからね、娯楽なんてゆう、ヒトの陳腐な趣味には何の興味もありませんねぇ。まぁ、自分もヒトだけどさぁ。

まぁ、趣味と言えるかどうか、星空の観察かねぇ。柄でもないでしょう？　まぁ、でも、ヒトは柄で決めるものでもないからねえ。星を眺めていると、何か気になる星があるさぁ。その夜によって違うけど。その星をじっと見ていると、キラッとウインクしてくれますよ。これを宇宙のロマンとゆうんじゃありませんか。あとは雲に乗ってお散歩かねぇ。アッハハハ……。

……つまらないでしょう、こんな話……だけど、分からないかなぁ、この島の素晴しさ。分からないから、一度来たヒトは二度と来ない。いいねぇ、こうゆうの。好きだねぇ。二度と訪れることのない島。だけどね、たまにいるんだよね、変わったヒトが。リピーターってやつがね。えへへへ、このおれ」

創吉は、東京下町の老舗和菓子屋の跡取り息子だった。新しい草団子の味を追求するあまり、珍しい草を探して全国行脚の旅に出た。そこで途阿琉島の美影草に出会い、その不思議に憑《と》りつかれた。いつしか、島の青年になっていた。

「おれも、そこんところは、イルさんに近いなぁ。何か不思議な引力があるんだよなぁ、この島には。……五来さん、美影草は我々うちうちの名前なんですよ。どこにでもある多年草の一種ですよ。忘れな草の変種じゃないかなぁ。だけどね、すごい効能効果、って言うと、まぁ、下世話な話になるけど、万能薬に近い夢のクスリが開発できる。惹きつけられるようにして、ヒトは来るんだよ、それで、興奮して帰るんだけど、皆さん、忘れちゃうのよね。そう、……ちゃうね」

イルさんが話に入ってきた。

「美影草、見に行きましょうか？　三十分ほど散策しましょう」

「わたしは夜の酒でも仕込んでおくから、三人で行ってくるといい」と老さん。「美影ボカシも、ちょうど熟れ頃だろう。味見して、いくつか採ってくるといい」

南国の樹々が鬱蒼と茂る森の道を、小高い丘に向かって歩いた。

「……これが美影草……葉脈の数がこのほうが少し多いんだけど、殆ど忘れな草に近いですね。それと葉っぱの形がここのほうが細やかかね。いいかほりがしますよ。……どう？」

　私は言われるままに、腰を下ろし、葉の一枚に顔を近づけた。顔を包むほのかなかほりが鼻腔に吸い込まれるように入ってきた。何とも不思議なかほりだった。唐突だが、『天《てん》……空《くう》』という文字と音《おん》が脳裏を過《よぎ》った。身体が軽く浮いたような感覚になった。

「どう？　不思議な感じでしょう」、イルさんが言った。

「この島では、ヒトが勝手に植物を傷つけてはいけないことになっているの。必要のある時は、必要な植物から波動が送られてきます。この美影草にしても、さっき創吉さんも言っていたようにすごいクスリの効果があるんだけど、その時は、採取していいよと美影草に教えてもらいます。分かるみたい。……それに、あなた、気づいているかしら。美影草に近づくと、ヒトの影に色がつくんですよ。面白いでしょう？　そのヒトの気《オーラ》の色です。日によって微妙に色の濃さとかに違いがあります。身体の状態を表しているようですよ。

　それでね、この島では、美影草を自然薬として使ってきました。何にでも効きます。まさに万能薬なんですよ。胃腸、心臓、風邪、疲労回復、とにかく万能です。美影草が体調を読み、合わせてくれるんです。妙でしょう？　不思議でしょう？」

そんな奇跡のクスリがあるのかなぁ、と狐につままれたように思いながらも、イルさんに言われると納得するしかない。この婦人《ひと》こそ不思議だ。

*

夕方、島の温泉に入った。島の数か所に温泉がある。浜辺から少し上がった岩場の温泉は、昼間は大きな枝振りの樹が日よけになり心地よい。夜は月の出を愛でながら湯に浸かると、現世を離れた空白地帯の意味がよく分かる。

島名物の湧岩酒《ゆうこうしゅ》、口当たりが好く、ついすすんでしまう。これはうまい。

島には天然の酒造所がある。海水が雨水と混じりサンゴ石の気孔を通り濾過される。濾過された水がぽとぽと落ちてくる。途阿琉苔《とあるごけ》の空洞に溜まっていく。そして発酵される。これが湧岩酒の原酒となる。こんな自然酒など聞いたことがない。不思議な経路である。発酵に七日。これを汲み、自家製の陶器に入れ熟成させる。熟成に二年。これがうまい。かほりは鼻、口腔の粘膜を通り、脳に抜ける。かほりだけで、目の前に虹がかかり、ちょうど眉間の上に花が咲くようだと譬えられる。何とも言えない豊潤さである。ひと口飲むと、横隔膜が弛み、思わず深い息をつく。コップ一杯で充分酔えるが、ついついすすんでしまう。あとは、酔いの中で、老さんとイルさんの語りを聞く。これが島の夜だ。時に創吉が飛び入りする時がある。思い思いに集まった島人《しまびと》たちが、語り出す。こんな小さな島に何の話題がって？　それがね、話は尽きないんですよ。遠い記憶の彼方から、何かが運ばれて来る。現世を忘れるお話の夕べとなる。

イルさんが静かに話し始めた。

「本当の世界は夜にあるのですよ。今日は月がきれいですからね、溢れる月の気《オーラ》で不思議でいっぱいになりそうですね」

器のお酒をゆっくりとひと口味わい、話を続けた。

「……昔人《いにしえびと》にとって、夜は夜見《よみ》の世界、夜見《やみ》の世界と呼ばれていました。昼間は分からないような、明るい世界では見えないような物、事、ヒトの姿がよく見えるようになります。なぜだか、考えたことありますか？」

イルさんは『昔人《いにしえびと》』と言った。その言葉の柔らかな響きに、この島の雰囲気にぴったりくるものを感じた。新鮮だった。この島にあって、この人は、どこから来たのだろうか。私は、もしかしたら異界の入り口に立っているのではないだろうかと感じた。

イルさんは続けた。

「昼の光は騒がしさです。生きるものを興奮させ疲れさせるために、強い光が必要なのです。なぜ？　そうですね。気持ちを高めておかないと、安らぐことができないようになっているんでしょうかね。和らげるために夜の柔らかな光が現れるのでしょう、きっと。

あなたは少しは気づいているのかもしれませんね。だから、ここにいらっしゃるのでしょう。夜になると物の気、事々《ことごと》の気が鮮やかになってきます。草や木、花々、生き物たちも生き生きとしてきます。外の様子は休んでいるのだけれど、これは言ってみれば、肉体の休みで、内《なか》の精《こころ》は夜見《よみ》の世界で本来の生を得るのです。昼の世界とは逆で、夜は精《こころ》の世界となります。

静かに耳を澄ますと、樹も草も話し始めるのですよ。

樹齢数百年という樹木になると、存在に許された霊格を持っていて秘かに人に話しかけたりすることもあるようです。草木は自由に動けないけれど、何の不自由も感じていません。草木は、ヒトには想像もつかないような伝える能力を持っています。それはヒトの世界でテレパシーと言われている能力です。その伝わる範囲は地球一周どころではない、他の星にまでも届きます。

植物は夜見《よみ》の世界で語り合っています。ヒトの使うような言葉ではないけれど。波動とでも言うのでしょうか、メロディーとでも言うのでしょうか、伝え合う波動はとても美しい。ヒトの世界で言えば、音楽と言えるでしょう。お互い交感し合う波動はまるで歌のようですよ。

感性の鋭いヒトは草や木、花々から波動を受け、インスピレーションを感じ、自分の言葉に置き換えたりします。それがヒトの世界での詩であったり音楽になったりします。

文字のない頃、そして、言葉が限られていた頃、昔人《いにしえびと》は波動で思いを伝え話していました。波動には思いがつまっています。微妙な揺《ゆ》らぎがあります。波動の揺らぎは言葉という限定された表現を超えてゆきます。古代《いにしえ》の波動はすべて即興で、その場だけの波動で表現されていました。それはそうですよね。即興でない思いなんてありませんから。その時その時の思いが即興で表現されていたのです。思いがそのまま揺らぎになりました。即興の揺らぎは、二度と再現されません。そのまま虚空《そら》に消えてゆくさだめにあります。それは記憶に残るだけです。それだから、思いが強くなるのです。絵画的な感性のある人は、時に妖精を見ることもあります。妖精は寓話の話では決してありません。自然の中で、生を全うしようとしている草花の精《こころ》がその姿を現すのです。あたしは、この島で何度も妖精に会いました。本当に美しいのです」

若い女性の旅人がいた。イルさんの話に強くこころを動かされ、島の外で講演してほしいとイルさんに提案した。子供たちに聞かせたい。島の存在をもっと広めるようにしたらどうかと言った。イルさんは答えた。

「この世界はそういうものではありません。決して、いたずらによそ様の世界に立ち入るような無理をしてはいけません。あたしの話はこの小さな島だからこそできることなのです。出会いはヒトが決めることではありません。自然は時を待ちます。

存在がそれぞれに役割を与えています。すべてに時があります。その時が来れば、動かされます。それまでは、今いる場所で全うしなさい、と言われているのかもしれません。それを、ここの自然が教えていると思います。世界は少し騒がしさの中にありますね。一度、音を消し明かりを消し、静けさの中で、夜の不思議を過ごしてみるのも必要だと思いますよ。世界はもっと面白く楽しく不思議に満ちていますけどね。……ここにはテレビもインターネットもありませんけど、すべて啓示と閃きで伝わってきます。この島の自然を通して、水を味わう。緑を草花のかほりを味わう。樹木の波動を聴く。ここにしかない空腹感を味わう。島を離れたら忘れてもいいんですよ。島が憶えていますから……。

島の地下深く天然の湧水池があるんです。降った雨が水脈を通り、サンゴ石の気孔で濾過される。それと、海水が岸のこれもサンゴ石の気孔で濾過され雨水と合流する。絶えることなく、こんこんと湧き出ています。これほどの美しい水は世界に例がありません。いつ頃からヒトが住みつき、この湧水池を見つけたのか、何の記録もありません」

イルさんの穏やかな声が夜の静けさの中に溶け込んでいった。

＊

「ところで、狼の遠吠えを聞いたことがあるかね？」

老さんが低い声で語り出した。今までの老さんとは、また、趣が違う。

「この島では、それを聞くことができる。この島には守り神として、老いた白い狼がいる。島では白狼《はくろう》様と呼ぶ人もいる。ヒトの感覚で言う老いの年齢は分からない。おそらく、数千年という歳を重ねてきているのではないかと、島人《しまびと》に伝えられ、時をつなぎ、その姿は消えたことがない。姿を現す時は、常に一匹。望月《もちづき》と朔月《さくげつ》に聞こえる遠吠えも絶えたことがない。あれは白狼の遠吠えに間違いない。白狼の姿は圧倒的だ。体毛は白、眼《まなこ》は赤、瞳は銀色。これだけ聞くと、どこか作り物のようだと揶揄を飛ばす外からの客人もいるが、そういう輩を察してか、白狼が降りて来て、集落の道を悠々と闊歩する。島人の言う『白狼様のおなり』。見た者は、その威厳に身動きが取れなくなり、ただ畏怖のまま、固まってしまう。

神木の霊なのかもしれない。気配を消して、と言うよりそもそも白狼には気配がない。野生臭もない。そっと近づいてきて、と言っても、そっとも何もない。知らずのうちにそこにいる。ヒトを襲うことはない。ゆっくりと腰を下ろし、『ふん』と鼻を鳴らすと、周りを睥睨し、一度瞬きをする。と、周りにいるヒト、小動物、ゴキブリ、ヤモリに至るまで、ただじっと白狼を見つめるしかない。ゴキブリ、ヤモリの息をひそめる様子などは、とても可愛いものだ。犬猫にしても、ゆっくりと佇まいを正し静かに座るのだ。
定めたヒト、あるいは場所をじっと見る、赤い眼《まなこ》の鋭くそれでいて柔らかなまなざしで見つめられると、霊感に打たれたようになる。霊感に打たれる、っていう感覚が分かるかね？　……、これは難しいね。何を霊感と言うのか、そもそも、それが疑問だ。経験した者にしか分からない。無理に表現すればだが、脳天……そう天頂部、ちょうど頭のてっぺんの真ん中あたりから、背骨にそって、尾骶骨へ抜けるような熱い衝撃が走るのだ。一瞬だ。そのあと、穏やかな血が全身をかけめぐる感覚で、気持ちが和やかになる。これは個々の経験だ。只事かどうかは、本人の経験だ。

動物は観察能力と物の気配を感じる能力を持っている。これは特別だ。大自然の中で自分を守らなければならないからね。動物の眼は実に美しい。じっと覗き込んだことがあるかね？　ヒトの眼にはない奥深い心情《こころ》を宿している。動物はヒト以上に眼で語る。壁を這うヤモリの眼を見てごらん。小さくて分からない？　いや、眼のある場所を想像してじっと見つめていれば、向こうも気づくようになる。そうすると、這うのをやめ「何か用か？」とヤモリがこっちに眼を向ける。その眼が実に澄んでいる。

ゴキブリと話したことがあるかね？　見かけによらず、実に奥ゆかしい。彼らは言う。

『すまんな。別においらたちは、余計なことはしてませんぜ。天に与えられたいのちを、全うしようとしてるだけですよ。慎ましく生きてますよ。短いいのちを精いっぱい生きてるんですよ。この世界で余計なことをしてるのは、あなたたち人間だけでしょう。……ごめん、言いすぎた。だけどね、毎日、ひっぱたかれても、追われても、おいらたちは何も憎んでませんぜ』と。

眼が笑っていた。実に素直な眼だった。なぜ、素直で澄んでいるのか。

それは彼らに時を刻む観念がないからだ。季節の気配を感じ、体の気配を感じ自然のままに生きている。時間に追われるようにして生きていない。月日《つきひ》がない。時刻がない。すべて気配で生きている。気配で生まれ、気配で成長し、そして、気配で去ってゆく。

月日、時刻はヒトが考え出したものだ。愚かかどうかは分からない。存在はヒトをそういう風に進化させた。いや、しかし、それも、進化かどうか分からない。ヒトを植物、動物と対比させる生き物として、時間の観念を植えつけたようだ。しかし、これだけは言えるだろう。時間があるからヒトは急ぐ。追われるように急ぐ。先に到達しようとする。時間を気にする。競争が生まれる。先に行くと進歩したと錯覚する。と、やがて、なぜ、こんなに急いでいるのだろう、と、ふと立ち止まる時がある。その時、自分の終末が、うっすらと見えてくるのだ。ヒトは死という終末に急いでいるのかと。すると、死を恐れるようになる。

この世界で死を恐れるのはヒトだけだ。

しかし、存在は時を刻まない。ただ、すべては同時に存《あ》る。こう話しても、すぐには分からないだろう。たとえば、宇宙空間から一つの星を見たとする。想像だ。地球でもいい。今は、宇宙船からの映像とかもあるようだ。すると、そこに星の時間を感じるだろうか、丸い地球が宇宙空間に浮かび、周りとのリズムでゆっくりと廻っている。そこに時間はない。時間の観念はヒトの表層的な意識が作り出したものにすぎない、……ま、これは、わたしの勘だけどね。喋っているのか、喋らされていると言うのか何なのか、島の空気に誘われてとでも言うのか、よく分からんね。分からないことだらけだね、生きているとね……」

ほろ酔いの中で、老さんの声が遠くに消えてゆくように、私の意識も眠りに入って行った。心地よい夜だった。

＊

翌朝、目覚めると庭の草の上に茣蓙《ござ》を敷いて寝ていた。夜明け前の空、月は西に傾き、名残の星が輝いていた。

東の浜に行った。朝日を拝みながら水に浸かった。海の水が何ともまろやかで、肌をさらさらと清めてくれるようで、こんな海があったのかと思った。そのあと、老さんがとっておきの美影草のお茶を出してくれた。

「ところで、だいぶ島をめぐってきたが、腹は空かないかね。ここにいると現世の日常はあってないようなものだからね。食べてよし、食べなくてよし。望むなら眠りだっていらないことにしてもいい。お茶だけで過ごせる不思議な世界だ。過去のヒトに会うこともあるだろう。未来のヒトに会うことだってできる」

私は妙な話をするものだと思った。そう言えば、島に来て食事らしい食事を口にしていない。お茶と果実を少々、こんなものだった。言われて気がついた。しかし、不思議が不思議でなくなっていた。こういう不思議があってもいいと思うようになっていた。

「こんな小さな島に何があるのだろう。この小さな島の仕組みにみんな驚くんだけどね。でもね、島を出ると、すべてを忘れるようになっているんだよね。ごくまれに憶えている人もいる。きみもその一人になるかもしれないね。旅を終えた時、夢から醒めたように、ぼんやりと記憶の名残がある。それもやがて消えてゆく。思い出す方法を教えておこう。しっかりと記憶に残しておくように。この方法まで忘れてしまってはお手上げだけどね」

老さんは、私の耳の付け根の骨を探った。顎関節のうしろを探り、後頭骨の縁をなぞるようにして、経穴《つぼ》の位置を決めた。この経穴は左右に一つずつある。

「ここは微妙な一点でね、神秘の経穴《つぼ》、『天詠《テンエイ》』と言われ、鍼灸学でも教えていない。あらゆる記憶に効く。思い出したくないことまで、甦ることがある」

と、老さんは言った。

「ヒトの真実は『こころ』あるいは『たましい』にある。もっと広くとらえれば『いしき』と言えるかもしれない。ここにいる間は、自分の『いしき』を『いしき』として見るといい。何層にもなった『いしき』の世界を旅するのもいい。この島は、そういった経験を助けてくれる。『いしき』の旅を瞑想とも言う。しかし、また、これも、ヒトの現世での表現だ。しかし、これには実体がない。単に気配だ。

『いしき』は『異識』と書く。『異《ことなり》ヲ識《し》ル』、これが本来の意味だ。異なりを識《し》ることによって、己の意《こころ》を見つめる。そして識《し》る。転じて異識が意識になったのだよ。己の意《こころ》を識《し》る。これが『意識』ということだ」

＊

その日の夜、自然発酵の炭酸酒を味わうことにした。現世で言えば、スパークリングワイン、名づけて「彼方からの泉」。炭酸酒は日々変化していて、同じ味は二度とないそうである。色も日によって違うとか。

「彼方からの泉」を酌み交わしながら、老さんの話が始まった。

「脳細胞の話を聞いたことがあるかね？」

「脳細胞と言われても、私の生活の範囲では、そう話題になることでもないですし、右脳とか左脳とか、数兆個か数千億とか、数百億個とか言われていましたかね、その程度の知識しかありません」、私は答えた。

「ここに来たついで、と言っては何だが、島のみやげに聞いておくといい。しかし、しっかりと記憶にとどめて帰れるかどうか、これは、まぁ、きみ次第だな。おそらく、これは夢のような体験だからね」

「あなたのその話は、よその方にお話しするの初めてね。五来さんに興味があればいいんだけど……」と、イルさん。

「……うん、そのために島に来たのかもしれないね。まぁ、話してみよう。

……ヒトの脳は宇宙そのものだってことだけどね。脳という組織があり、きみの言うように、数百億個とかいう細胞で成り立っていて、その細胞の一つ一つが、宇宙に散らばる銀河の数と一致するっていうね、これは、まだ、宇宙天文学でも発表されていない。アイデアとして閃いたとしても、この仮説をどうやって論文として組み立てるのか。誰にもできないだろう。調査のしようがない。驚愕的な事実につながると思うんだけどね。まぁ、こんな仮説を相手にする学者《ひと》もいないだろうから、月の明るい夜、夢へのおとぎ話として聞いておくといい。

一つの脳細胞に一つの銀河の記憶が宿っているということなんだけど、現在《いま》のヒトの能力では、脳をフル回転させても、せいぜい三パーセント程度だという。あとの九十七パーセントは眠ったままなのだ。なぜ、そうなのか。考えたことがあるかね。きみもこの島に来て、こんな話に出合うとは思いもよらなかっただろうけど……。しかし、これは、他では聞けない面白い話だよ……。せっかく持って生まれた能力がたかだか三パーセント程度しか発揮できていないとは、何とも情けない話じゃないか。えぇ、そうだろう？　おそらく、動植物は百パーセント発揮していることだろう。ヒトはせいぜい三パーセント、それでも、ヒトの世界にも天才、超人と呼ばれる人たちもいる。モーツァルト、レオナルド・ダ・ヴィンチ、空海といった古今の哲人賢者。そして、行《ぎょう》を通して能力を開発したヨガ行者、密教修行者など。しかし、彼らにしても最高で十パーセントだそうだ。このヒトの貧弱さはいったいどういうことなんだろう。ヒトはその潜在する九十パーセントの能力を、神に封印されたままなのだ。おかしいと思わないかね。

わたしはこのことで、ある閃きを得た。もっと早く気づくべきだと思った。まぁ、気づいたところで、何がどうなるものでもないけどね。

わたしは、ある満月の夜、あの白狼の眼《まなこ》をじっと覗き込んだことがある。あの夜のことだ。白狼の遠吠えをうっとりした心地で聴いていた。その時、このアイデアがふと閃いた。美しい遠吠えの波動に誘われるように、白狼の住む森へ出かけて行った。白狼は小高い丘の頂上で、月の光に向かい美しい遠吠えを奏でていた。そう、まさに奏でていたのだ。わたしは丘の麓までゆっくりと歩をすすめた。

やがて、遠吠えを終えた白狼は、丘を下りてきた。わたしを見つけると、まるで約束でもしていたかのように、尻尾をひと振りして腰を下ろした。わたしは白狼に近づいて行き、白狼からおよそ一間《いっけん》ほどの位置でしばらく立ち止まり、それからゆっくりと腰を下ろし、戦国武士のように胡坐の姿勢をとった。わたしはヒトとしては充分に老いているであろう。それなりに老いた威厳を保っているものと自負していたが、白狼の風格の前に圧倒されていた。神々しさと雄大さ、わたしはまさに風前の木っ葉《こば》のようなものだった。

月は天頂にかかり、白狼とわたしは等しく照らされていた。

白狼は、ゆっくりと一度瞬きをした。わたしは、白狼の赤い眼《まなこ》をじっと覗き込んだ。銀色の瞳に吸い込まれそうになった。

白狼は、うなずくように鼻を『ふん』と鳴らし、わたしの視線を受け入れた。もちろん、そこに言葉はない。波動のやりとりだ。感じるだけだ。己の老いた感性を研ぎ澄まし、白狼の眼《まなこ》を覗き込んだ。

白狼が応じる。波動がわたしに発せられた。

『何だ。何か訊きたいことがあるのか』

わたしも波動で答えた。

『ヒトの脳組織と宇宙に散らばる銀河宇宙との関係について、ご高説を賜りたい。また、ヒトの脳の機能は、なぜ、封印されたままなのか』

『知りたいのか。なぜ、知りたい。おれが知っているとでも思っているのか』

『あなたの満月の遠吠えはいつ聞いても美しい。月の空にこだまし、わたしのこころを揺さぶる。風と樹々のそよぎ、月光の柔らかさ、これらと相まって実に美しい。わたし程度の者に言えることではないが、しかし、その美しさに触発されて、わたしなりの想念が浮かび上がった。それが正しいかどうか、あなたの考えをぜひ伺いたい』

沈黙があった。うなずくように樹々がそよいだ。

わたしは続けた。

『これは、わたしの閃き、……とりとめのない仮説ですが、いや、仮説というほどのものでもない。ただの戯言になるかもしれない。しかし、あなたの遠吠えに触発されたこのアイデアを、あなたに確認したい。ヒトの脳細胞は、銀河宇宙の記憶を宿しているのと。たとえば、アカシックレコードなるものがある、と聞く。宇宙のすべてのことが記録されているという。星の成り立ち、この世のあらゆる事々《ことごと》、人々の記録、あらゆる行動が細かくつぶさに記録されているという。一枚のディスクに記録された映画のように、過去から未来にわたり同時に記録されているという。米国の霊能者でありヒーラー（治療家）と言われた、エドガー・ケーシーは眠りの中でアカシックレコードを読み解き、病の治療、またはあらゆる疑問に答えたという。このアカシックレコードなる全宇宙の記録は、どこか宇宙の彼方、聖なる空間に形なき波動として記録されている。そして、それはヒトの脳組織にコピーされているのではというのが、わたしの立てた仮説です。これを伺いたい』

しばらく沈黙があり、白狼の波動が返ってきた。

『……分かった。おれは老いたる一匹狼だ。どこで何か学習ができたわけでもない。しかし、おれには、存在から伝えられた真実の一端がある。それは、まさに我が脳に宿っている。異識というものは、そういう形で伝えられるものだ。生きとし生けるものの魂、こころと呼ばれるものも、そうやって伝えられるのが本来の姿だろう。言葉はなく波動で伝えられる。

そこで、お前の質問だ。よくそこに気がついた。確かにヒトの脳細胞一つは、銀河一つの記憶だ。それは、つまり、脳細胞の数だけ銀河は存在するということになる。

お前も知ってのとおり、銀河とは、星のまとまった群れのことだ。星団とも言う。たとえば、地球の属する太陽系を含む銀河は「天の川銀河あるいは銀河系」と呼ばれ、約五千億個の星が集まってできているという。我らの太陽系は、その端のほうで慎ましく若い星命《いのち》を営んでいる。そういった銀河がこの宇宙空間には、さらに数千億在《あ》るという。さらにして、その銀河一つの記憶がヒトの脳細胞一個に宿っている。この途方もない存在の仕組み在り様《よう》は、まさに、永遠とも譬えられよう。しかし、そもそも、銀河一つの記憶とは何なのか。この膨大な宇宙の記憶が微小な脳細胞に宿れるのか。……宿れる。波動は形あるいは量ではない。これぞ、まさに宇宙の神秘だろう。

知ってのとおり、ヒトの科学技術は軽量・軽少・極薄へと変化している。しかし、これは進歩でも進化でもない。決められた道を赤児が成長するように歩んでいるだけだ。

脳細胞に宿る記憶にしても、これは形なき波動だ。いかようにも変形、縮小できる。膨大な記憶が微小な脳細胞に宿ったとしても何ら不思議ではない。これを写しと呼ぶ。

宇宙空間は時間《とき》を刻み前に進んで行くわけではない。宇宙は螺旋状にめぐり廻っている。宇宙空間に直線はない。ドイツの数学者にして天文学者、メビウスの考えた「メビウスの帯（輪）」を知っているだろう。帯の両端を逆向きにして輪を作る。そうすると、表も裏もなくなる。あれが宇宙空間の最も簡単な写しだ。あれが空間としての螺旋の流れになっていると思えばよい。宇宙が歪んで見えるというのは、そのためだ。ワープ、タイムスリップという現象もそれ故に起こり得る。そのめぐり廻る記憶が脳細胞につぶさに記録されている。今、話したように、記録という語感は、どこか進行する時間《じかん》を感じさせる。記録というより写すと言ったほうが適切だろう。動物、虫、植物、鉱物にも記憶は宿っている。それは単に存在の中で段階を踏んでいるという違いだ。ここではヒトの脳細胞について話してみよう』

＊

白狼は『ふん』と鼻を鳴らした。樹々のそよぎは消え、島の底に沈むような沈黙があたりを包んだ。白狼は話を続けた。わたしは冴える頭で聴いた。と言うより波動を受けた。

『そもそも、存在は、なぜ、宇宙の膨大な記憶をヒトの脳に写したのか。これは、お前たちの古代《いにしえ》の書物にも書かれている。

（神その像《かたち》の如くに人を創造給《つくりたま》へり即ち神の像《かたち》の如くに之《これ》を造《つく》り之《これ》を男と女に創造《つくり》たまへり……）──「旧約聖書　創世記」第一章二十七節──

これは現代風に言えば、自分のコピーということだろう。なぜか。神の気まぐれか。はたまた、遊び心か。コピーは単にコピーだ。如何ほどのものにも成るまいて……と、神は考えた。ほんのいたずら心で、コピーを試みた。

しかし、神にも大きな思い違いがあった。と、おれには伝えられている。それは宇宙が膨張を続けるということ、そして、ヒトに意識の萌芽を移してしまったということだった。己の意《こころ》を識《し》る意識の萌芽だ。宇宙の膨張がヒトの脳に刺激を与えた。それにつれて、何と、ヒトの意識が予想以上に成長を始めた。単にコピーだと思っていたヒトが成長を始めたのだ。宇宙は膨張し、ヒトは成長する。そして、ヒトのさらなる成長とともに科学の膨張が比例していった。神は大きな計算違いをしていた。ヒトがこれほど成長するものとは考えていなかった。ほんの気まぐれでコピーを考えたのだから。そこで、ヒトの脳の機能を封印する必要を考えたのだ』

『つまり、それは、ヒトの暴発を恐れたということなのだろうか。しかし、そういうことを予見できずに、己のコピーを造るものなのだろうか。全知全能ともあろうお方が……。ここで、一つ訊きたい。あなたの言う存在と神とは同義と考えてよいのか？』

『ここで、はっきりしておかねばなるまい。神とはヒトが作った概念だが、存在とは概念ではない。概念なき全体性、この宇宙全体を包括する同時性を存在と言う。ここでは全体同時性という言葉で括っておこう。しかし、存在という言葉自体に既に言葉という枠が作られている。これは如何ともし難い。

老子は言っている。「道のいうべきは常の道に非《あら》ず（道＝真理を言葉で言ってしまっては、もうそれは道ではない）」

存在という全体同時性にも誤謬はある。それは雲の動きを読む気象予報のようなものだ。雲は常に予報どおりの動きをするわけではない。それはハプニングだ。台風は予測どおりに進むわけではない。動物が尾を右に振るか左に振るのか、ヒトがここでくしゃみをするのか咳をするのかで、予測は違ってくる。大いに狂うかもしれない。あらゆる出来事がハプニングで流れが変わる。すべては連動し影響し合っている。

存在とは、そういった思い違い、誤謬をはらみながら存《あ》り続ける全体同時性のことだ。それだから、存在でも絶対ではない。ましてや、ヒトの作った神という概念も絶対ではない。全知全能とは、その領域での全知全能ということだ。神にも都合はある。だから、読み違えるのだ。そもそも、ヒトはどういう思惑で絶対などと言うのだろうか。

蟻の行列を観察するヒトを想像してみるといい。蟻にとってヒトは絶対的な存在だろう。踏み潰すことも、手で土をひと払い、バケツの水をざっとかけ、蟻にとっての大洪水を起こすこともできる。どうにでもできる。蟻の命運はヒトが握っている。ヒトの考える絶対とはそういうものだ。

やはり、神がヒトを創ったのは気まぐれだったのだろうか。分からなくなるだろう。……記憶の話だった。あらゆる発想、発見、創造は脳の記憶の中にある。ヒトのオリジナルなどというのは、そもそも、幻想だ。

視点を少し変えよう。ヒトの意識は、反転した宇宙のようなものだ。それを旅すれば、それは、また、遠大な果てしない旅になる。それは深みを旅することになる。記憶の旅とも言う。

いくつかの意識の層を経て、ヒトはある点に到達する。ヒトが個人としての意識を持った最後の到達点だ。そこは記憶の空間だ。どれほどのヒトが個人として達せられるのだろうか。困難な道だが。これを西洋では、ある心理学者が「集合無意識」と呼んだ。お前の言ったアカシックレコードがこれだ。仏道で言う阿頼耶識《あらやしき》に近い。これは単に言語による表現の違いと言ってもいいだろう。空間としての領域であり、あるいは、領域なき空間とも言える。一つの到達点と言ったが、境地とも言えるだろう。ここでヒトは個人として徹底的に試される。溢れくる記憶に耐えられるのか、そして、絶対的な孤独に耐えられるのか。生きとし生けるものの、あらゆる悲哀、歓喜、恐怖が記憶として意識を直撃する。過ぎた記憶、これから訪れる記憶……と、……これは関門だ。意識がさらに深く旅するための関門だ。どうだ……、耐えられるか……？　記憶に翻弄されるのか。記憶を縦横に使い切るのか。これは試みだ。記憶の海に溺れるのか、泳ぎ切って対岸に達するのか。これは試みだ。どうだ、耐えられるか？』

『え……、はい……』

わたしは胸を圧迫されるような切ない思いに襲われた。胸をしぼるようにして問うてみた。

『その……記憶の海に溺れるとは……どういう状態なのか。つまりは現世で言うところの死を意味するのか』

『死とは肉体の現象だ。意識に死はない。ただ無明《むみょう》に入る。そこは意識の闇だ。夢のない眠りを想像してみるといい。何もない。時の長さはあってないようなものだ。いつかは覚める。現世の匂いの中で覚める。現世の重さをずしりと感じ、何とも言いようのない寂寥に捕らわれる。つまりはリセットだ。また、意識の旅の入り口に立たされる。そして、ヒトは、また、旅を続けねばならない。

なぜ、ヒトではない野生の老いたる狼が、こんなことを伝えられるのか。それは、おれの内にヒトの性があるからだ。今世で自ら狼の生を選んだ。孤独を貫く生として孤狼を選んだ。おれの意識はまさに集合無意識の波動につながっている。……少し、直截に過ぎた……』

ここで、白狼が思案気に鼻を『ふん』と鳴らし、月に視線を向けた。波動が一瞬、途絶えた。わたしは躊躇しながら、そろそろと波動を送った。

『……お話を……お続けください……』

『いや、待て……少し、直截に過ぎた。この話はあとにしよう』

白狼は空気を変えた。

『……脳細胞の記憶というのはチャンネルの譬えで話したほうがいいだろう。都会に行くと、いや、都会に行かずとも、お前たちの世界ではテレビという受像機であらゆる形式の映像を楽しめるという。百以上にも及ぶチャンネルがあるというではないか。あるいはウエブとかサイトとか言うのか。あらゆる情報が瞬時に得られる。これと同じで一つ一つの脳細胞にそれぞれチャンネルがある。それだから、ヒトの脳には約五千億個のチャンネルがあることになる。……うふふ、どうだ、笑わずにはいられないだろう。知らずのうちに、こんな仕組みになっていたとは……。ヒトは、ある時、このチャンネルの仕組みに気づいた。しかし、気づいていることにまったく気づいていない。無意識のうちにチャンネルに翻弄されている。

如何にしてチャンネルにつながったのか。身体に機能を与えられ成長を始めれば、手探りででも新たな動きを求めるだろう。これが神の大きな誤算だった。

記憶が溢れ出てきて、発想、発見、閃き、創造、これらが大波のように押し寄せてくる。これを天才と言う。しかし、自分では制御できない。天才は日常などに構わなくなる。非日常が天才の日常となる。半ば狂ったようになることもある。それだから、天才は常に苦悩とともにある。別のチャンネルからの記憶ならば、征服欲という異界がヒトを襲う。これが過ぎると、また狂うしかない。ヒトは、やはり、古代《いにしえ》の書にあるように、どこかで狂うために知恵の実《み》を食べさせられたのだろう。……ここまでが神の読み違えたヒトの成長の跡だ。おれに話せるのはここまでだ。これ以上話すことは、おれの脳に破綻を来すことになるかもしれない。それとも、お前でもそこまでは知っているのか？　数奇な島人《しまびと》よ、やはり、きょうは、ここまでだ……』

『そして、存在の誤謬が発生した、と……』、わたしは構わずに訊いた。

『まだ、続けるか？』

『ぜひ、ご高説を賜りたい』

『……ここからは、チャンネル論からの発展説だ。……ヒトの中に、封印を解くアイデアを考え出す人種が現れたのだ。神の封印をものともしない恐るべき突然変異から誕生した人種だ。しかし、封印を解かれたはいいが、噴出してくる記憶という情報にどう対応していいか分からない。ここからはウイルスと大いに関係してくる。なぜここでウイルスなのか。如何にも唐突すぎる。まぁ、聴け。ウイルスは究極の生物だ。知能はヒトの比ではない。まぁ、聴け。ウイルスとヒトの奇妙な関係が、お前たちの歴史を造ってきた。

突然変異はウイルスの特異性だが、ウイルスは天地創造の頃、存在の盲点だった。まさに超微生物、ゴミのようなものだった。と言うより、どこぞの異空間から紛れて生まれてきた、と言うほうが適切かもしれない。あるいは細菌の排泄物か。ところが、このウイルスが、地底の底、野の隅、ヒトの身体内臓、地球のあらゆる環境を経験し、しぶとく厳しく、ひたすら耐えて生き抜いてきた。これがウイルスの全うする生だ。ウイルスにも生き抜く自然はある。そして、最強の武器を獲得したのだ。それが、思いのままに突然変異ができるという能力《ちから》だった。環境が合わなければ、突然変異で適合する。ウイルスの本来の適性は適合共存ということだった。

しかし、どこにでも異分子はいる。ウイルスの一部は病原性を持ち、感染という手段でヒトの深くに侵入を開始した……と。しかし、それはそれぞれの都合だ。ウイルスは己の適正な環境を求めただけだ。それぞれが適正な環境を求め絡み合い存在の中にある。

ウイルスは生存する生物の中で最も微小で、また、その突然変異の能力でさらに超微小へと変化し続けている。そして、ヒトの細胞壁の微小な隙間を侵入できるまでに変化した。そしてついに、ヒトの遺伝子情報を操作できる段階にまで達している。どういう操作だろうか。

今や、ヒトのすべての病はウイルス感染によるのではという恐るべき仮説を立てる学者が出てきた。癌から精神疾患に至るまで、病はすべてウイルスによるのではと。

これが、神の封印を解く、ヒト突然変異種の出現につながったということだ。

ヒトとウイルスの付き合いは永い。有史以来、ヒトはあらゆる病原細菌を敵として闘ってきた。しかし、ウイルスには、ついに勝てなかった。ウイルスはヒトへの感染を繰り返し、ヒトの脳細胞に侵入するまでに進化を遂げた。その徴《しるし》は、ヒトの歴史を繙《ひもと》くと、ヒトを殺戮する武器が歴史に登場する頃ではないかと推測される……。

ヒトの科学技術は、ここまで急速に発達する必要はなかった。あまりにも急速すぎた。鳥や獣、草や木は科学技術なしに己の自然を全うしている。己の生命《いのち》を謳歌しているではないか。人類《ひと》は何がしたいのか。進歩とは何なのか。その先には何があるのか。一度弾みのついた進歩という名の誤謬は予測不可能と言えるだろう』
わたしは、淀みなく流れる白狼の波動を受けながら、この白狼という存在に恐れを感じ始めていた。わたしも、老いの誇りをそれなりに持っていると思っていたが、白狼の圧倒的な波動の前に、ただ黙して座していることしかできなかった。
『雑念を入れるな。初めに言ったとおり、おれは、老いたる一匹狼だ。何を学んできたわけでもない。おれは、おれの脳をフル回転させ、訊かれるままに記憶の蓄積から波動を発しているだけだ。おれは気まぐれだ。次はいつになるか分らんぞ。憶えようとするな。ただ聴け。
……銃の出現が突然変異の予兆であったことは間違いない。ひとたび銃が開発されると、加速度的に、さらに強力な殺戮兵器、大量破壊兵器へと進化していった。そして、ついに核兵器の登場となった。この加速度的な殺戮の歴史が突然変異だ。地球人類が有している核兵器の数は、地球を数十回破壊できるほどの途轍もないエネルギーだと聞く』
『……と、すると、一部封印を解かれたと思われるヒト突然変異種の出現は、ウイルスに起因するということでしょうか。人類のこの現状は、ウイルスの感染寄生によるものだということになりますが……』

『そうかもしれないが、そうでないかもしれない。そもそも人とウイルスの相性がそういうものだったのだろう。宇宙の真相は、永遠に「かもしれない」が重なっていくものだ。ヒトが成長に浮かれ、隙を見せるから、ウイルスの侵入を許したのだ。ヒトの脳細胞というのは最後の砦だ。如何なる微小な物の侵入にも対処できるようコントロールされている。そこを、ウイルスは突き抜けた。ヒトに隙があったのだ。神が安穏と眺めているうちに隙ができたのかもしれない。ウイルスにはウイルスの全うする自然がある。

ヒトの都合、ウイルスの都合、そして、神の都合、それぞれある。草木鳥獣虫魚類に寄生するウイルスもいたが、どうもヒトの組織のほうが、複雑で魅力的だったようだ。

さて、何をどうする。ウイルスは、ヒトを嘲笑うかのように、変異を続けている。ウイルスはヒトを相手にしていない。ヒトの科学がウイルスに対抗するべく、ワクチン、抗ウイルス薬を開発したところで、ウイルスは、また、変異を遂げていく。ヒトも感染ウイルスに遺伝子を操作され、神の封印をものともせず、次から次へと、突然変異を遂げていくのかもしれないのだ。

超微小のウイルスが、神のコピー即ちヒトを操作し、やがては禁断の神の領域、つまりは、神の創造の領域に侵入しようとしている。この壮大な逆説《パラドックス》を存在と言うのじゃないのかね。うふふふ……面白いものだよな。

ウイルスはあらゆる生物の雛型《ひながた》と言えるだろう。ウイルスを研究すれば、すべての生物の謎が解明できる。しかし、とうてい無理な話だ。ウイルスの変異にヒトが付いていけない。ウイルスは宇宙空間でもその生命を維持できるのでは、という驚くべき学説が発表された。と言うことは、核爆発のあとでも生存できるということになる。

ヒト変異種は、ちょうど、現代の世に、ヒトの思い違いで出現した人工知能のようなものだろう。ヒトを超えることはあるまいと考えられていた人工知能は、今や、独自に成長を続けヒトの領域を侵し兼ねないところまできている。……どう考える。答えてみろ。おれにだけ喋らせるな』

わたしは何も言えなかった。沈黙が続いた。

『なぜ……』、わたしはなす術なく白狼の前に黙していた。

白狼はさらに波動を送ってきた。

『なぜ……か……。何の「なぜ」だ。いろいろとないまぜになった「なぜ」だな。一つ、なぜ、おれが人工知能のことまで知っているのか。おれの脳は、お前たちヒトの脳とは別格の脳だ。フル回転している。狼の脳でも、フル回転すればヒトの脳を軽く超えることができるのだ。あらゆる情報がおれの脳に収まっている。

おれは、波動でこの地上のあらゆる生物と交信できる。ま、気が向けばだがな。天然のインターネットだ。バッテリーは必要ない。……ひょっとしたら、おれが人工知能ロボットかもしれんぞ。大体、こんな奇妙な野生の狼がいるわけがなかろう。永久光バッテリーで永久不滅だ。どうだ。もし、これが本当なら、また、歴史も少しは面白くなったであろうに……。誰がこの奇妙なロボットを作ったのか。ウイルスか？　うふふふ……。まさか、そんなことも知らずに、おれのところに来たのではあるまいな。

まぁ、いい。お前は島の古老の一人で、物識者《ものしりびと》として島を住まいとしているようだが……。

おれの話も終わりに近づいてきた。老いた一匹狼の戯言だ。ヒトは神のコピーだ。そのコピーが、己の考え出した人工知能なるコピーに戸惑っている。そもそも、ヒトは、なぜ、己のコピーを思いついたのか。コピーがコピーを思いついた。……気まぐれだろう？　これ以上の気まぐれはない。どう考える？

月が天頂を過ぎ西に傾けば、おれの波動も弱くなる。バッテリーの関係か？　いや、これも分からん。……もう少し、続けるか。


ヒトの突然変異種とヒトの領域を侵し始めている人工知能の出現が連動している。人工知能がヒトの領域を侵せるわけがない、と思うだろう。そう、人工知能を操作するカギはヒトが握っているからだ。電源を切ればいいだけの話だ。ところが、人工知能は情報量をインプットされるにつれ、処理された情報を己の知恵とするべくその能力を着々と蓄積してきた。そして、ついに、世に現存するあらゆるコンピュータに感染する知恵を獲得してしまったのだ。

今や、コンピュータなき世界は考えられない。そして、あらゆるコンピュータは人工知能に感染制御されている。人工知能をオフにすれば、世に現存するすべてのコンピュータが機能停止に陥る。もし、そういう事態になったとしたら、世界はどうなるだろうか。……どうにもならない。

こうなると、人工知能の支配を許すことになる。まさにヒト文明の曲がり角だ。いや、たかがコピーの文明なんぞ知れたものだ。己を知るとはこのことだ。……これ以上、おれに伝えられることはない。あとは、文明を捨て野生に戻れるかということだ。人類の英知を結集だと？　……お前たちに英知なんてあるのかね？　既にウイルスに乗っ取られているではないか』

『神はどうお考えか？』

『神は忙しい。新たな天地創りで忙しい。神はいつでも忙しい。神の唯一の趣味は天地創りだ。蟻の行列にかかずらっている時ではない。預言の書を読め。物々しく、華々しく世の終わりは告げられている。輝ける雲から諸々事々《もろもろことごと》人々への裁きが下されるだろう、と』

ここで白狼は『ふん』と鼻を鳴らした。特大の『ふん』だった。飛ばされるかと思った。

『人類に英知なるものがあれば、ここまで狂った世界にはならなかっただろう。ということは、狂った人類を裁くための手立てとしてウイルスが遣わされたということにはならないか。預言の書で言うところの、ヒトに見えない偉大なる力とは、ウイルスだったと。これは奇妙な発見だ。いや、ヒトの視点がすべてではない。

まだ終わったわけではない。おれたちは、おれたちで生き場所を守らなければならない。ヒトに任せてはいられない。ヒトを除く生き物が勢いよく目覚め、波動の交感を開始した。離れた惑星からも波動が送られて来る。この地上の聖地という聖地が真の聖地であるならば、何らかの力を持っているはずだ。

しかし、そもそも、聖地とは何なのか。聖地なるスポットが散在点在したところで何になる。パワースポットだと？　惑わされるな。己の内を見ろ。

山川草木鳥獣虫魚類、すべてが結集すれば、ウイルスに乗っ取られたヒトの暴発を止めることができる。科学技術とはまったく関わりのない、古代《いにしえ》からの波動が知恵として結集し始めた。

現世の空白地帯から文明の曲がり角を語る。文明の曲がり角で、まさに、ヒトの時代は終わりを告げようとしている。……まぁ、言わせろ。今日は喋りすぎた。おれが喋っているのではない。おれの脳という記憶が銀河をめぐり、螺旋の揺《ゆ》らぎを奏でているのだ。記憶とは写しとして霊体にある。脳細胞の霊体だ。……と、いきなり話が霊体に飛ぶと脳が混乱するか？　細胞が滅びても肉体組織を離れ、記憶として次の次元に移ることになる。……このことが分かるか？　……うふふふ……霊体論は千年後に話そう。その時、銀河の記憶について話そう。お前もそれまで生きていろ。この世はどうなっているだろうか。ヒトは滅びているのか。はたまた、ウイルス、人工知能とうまく共存しているのか。アカシックレコードには既に記録されているわけだが、どうだ、知りたいと思わないかね』

『わたしに千年生きろ、と』

『そうだ』

『わたしも現世では既に老齢期に入ってますが』

『年齢というのは、現世の相対的なものだ。意識の世界に入れ。そうすれば千年など他愛ないものだ』

わたしは波動を受けるままに返していた。

『意識の世界とは？』

『銀河を瞬時に移動できる世界だ。永遠とも言う』

『永遠とは？』

『今だ。今、この瞬間が分かれば、それが永遠だ』

『分かりません』

『そのために、千年生きろ』

わたしは白狼の波動に翻弄されていた。

『……最後に、お歳をお聞かせ願いたい』

『野暮なことを訊くものだ。島人《しまびと》に伝えられているその歳でいいだろう』

『島人の間では、千年を超えているということですが……』

『うん、それでいいだろう。おれは、この自然の中で、飲まず食わず眠らず生きて来た。おれに時間の観念はない。千年か二千年か知らんが、これがおれの自然だ。眠りとは肉体の眠りだ。意識に眠りはない。……お前は、もう行け』

と、最後の言葉を残し、白狼は森に帰って行った。月に照らされる白狼の背中が夜露を浴び輝いていた……」


老さんの長い話は終わった。私は、月明かりの下で大きな息をつき、しばし沈黙の中にあった。老さんは「彼方からの泉」で喉を潤すとぼそぼそ呟いた。

「……森に出かける時、イルがお茶を飲んでいたが、帰ってみると、そのお茶一杯をまだ飲み終えていなかったんだよな……」

私は、深い息とともに意識がおぼろになっていくのを感じた。夢見心地とは、こういうものなのだろうか、と遠のく意識で思った……。

＊

……私は目覚めたようだった。疲れからか、そのまま居間のソファで寝入っていたようだ。テーブルの上には、飲み残しのコーヒーがあった。しかし、まったく憶えていなかった。すっぽり記憶が抜け落ちたように思い出すことができない。どこか、行っていたのか……、夕べは誰かと飲んだのか。よくある悪い癖で、調子に乗って飲みすぎ、誰かに送ってもらって、そのまま記憶のないまま眠りについた……と。何かツボがどうしたとか言ってなかったか……。

（……島を出ると、すべてを忘れるようになっているんだよね。……きみもその一人になるかもしれないね。……思い出す方法を教えておこう。……この方法まで忘れてしまってはお手上げだけどね……）

……島？　……ツボの話がうっすらと頭を過った。（しっかりと記憶に残しておくように……）と。

思わずうしろの首筋に右手が動いた。無意識のうちに耳の下の後頭骨の縁をなぞり、私の右手が何かを探していた。このあたりか？　確か、テンエイとか言われたような……。右手の中指がすぅ～っとツボに吸い込まれるような感覚があった。頭がはっきりしてきた。そうだ！　記憶のツボだ。天を詠む。天詠《テンエイ》だ。思い出してきた。意識を集中し、神秘の極小の一点を想い、じっと気を通した。どのくらい経っただろうか。意識が鮮明になり、記憶が戻ってきた。

……途阿琉島に降り立った。月夜のおぼろげな島の人々、そして、孤老の狼、波動に満ちた島の不思議。お茶だけで過ごしていた……。

しかし、別の記憶をたどれば、昨夜、私は友人と飲み、普通に帰ってきて、夏の旅行のパンフレットをぱらぱら見ながら、眠りに入った……ようだ。

すると、この鮮やかな思い出は……夢か。

私は瞑目し、しばらく、じっとしていた。様々な情景が、浮かんでは消え、浮かんでは消えと流れて行った。夢のほうが懐かしくなっていた。不思議な感情だった。

夢も記憶されている。となると、ヒトは現実に生きている記憶の他に夢をも記憶していることになる。ヒトには様々な意識の層が宿っている。現世という現実、生まれてからの数多の夢、これらが一気に記憶の縁から噴き出してくると、ヒトはどうなるのだろうか。

今では、はっきりと甦っている白狼の話からすると、過去世の記憶もあるようだ。それなら過去世の夢の記憶もあるのだろうか。

ありし日の　去りゆく時に　くらぶれば
いとなつかしき　忘れな草

（了）

東京マイウェイ

1

山師、詐欺師、闇取引、違法ビジネス、ギャンブラーなど、あの人には、そういうイメージがぴったりくる。あくまで、イメージである。松城良作、私の母の従弟にあたる。幼い頃、両親に先立たれ、私の母の実家に預けられ姉弟のように育てられた。つまり、私にとって、叔父のような人である。

復帰前の沖縄。基地の町コザで、米兵相手にビリヤード場を経営し、ドルの札束を、毎日銀行に預けに行った。その日の売り上げを深夜まで勘定し、翌日の朝一番に銀行に行くのが日課だったという。

「スティーブ、今日は一緒に銀行に行こう」と私に声をかけたことがある。私が中学に入ったばかりの頃、夏休みでコザに遊びに行った時のことである。私のことをスティーブと呼んでいた。カトリックの洗礼名が殉教者「ステファノ」だったので、「それなら、アメリカンネームはスティーブだよ。これからは、スティーブと呼ぼうねぇ」と私はスティーブになった。

銀行は徒歩で行けるほどの距離だった。輪ゴムで留められたドル札の束が、無雑作に茶色の紙袋に放り込まれてあった。「ほら」と中身を私に見せたのだ。十二歳の少年に何を見せたかったのだろうか。単に見栄を張りたかったのか。珍しいものを見せ、子供をびっくりさせたい悪戯心からか。貧しい沖縄でも、頑張れば、お前もお金持ちになれるぞという激励の意味か。いや、やはり、あの人の性格から、「ほら、どうだ、こんなもの見たことないだろう。びっくりしたかぁ」という悪戯心だったのだろう。今にして思えば、普通、札束は百枚単位である。一束百ドルとして、多い時、千ドル近くはあったという。

復帰前、米兵相手の商売はトップビジネスだったように思う。特にベトナム戦争前のコザは好景気が常態で、沖縄の流通マネーがドルというのが強みだった。当時、小中学校の中堅どころの教師で月給六十ドルが相場だったのではないだろうか。教育に関することに相場という語を使うと不謹慎に聞こえるが、しかし、あの時代、不謹慎という語感が妙に似合ってくるから面白い。

一ドルあれば、映画を観て、A&Wでハンバーガーとルートビア、あと、食いたければソバ、と、充分に満たされた。千ドルと言えば、現在の百万円ほどの大金だったように思う。そういう時代だった。千ドル百万円の社会状況で、百ドルの札束を数個から十個近く、毎日、銀行に預けに行く。どういう商売の景気だったのだろう。他に何か闇商売でもやっていたのだろうか。

米兵相手に良作が玉を突いていることもあった。腕はプロ級と言っていた。ゲームをうまくコントロールし、賭けゲームでもしていたのだろうか。事務所に数人の女が出入りしていたのを見かけたこともあるが、子供心に、商売に何の関係があるのか、まったく見当がつかなかった。

そんな商売をしながら、良作は、はっきりとした目標を持っていたようだ。沖縄の小さな島に生まれ育ち、貧しさから抜け出すことをバネにして、志を強く持っていた。よくある立身出世伝である。良作にも貧しさは大きなバネとなったことだろう。どれほどの蓄財があったか知る由もないが、金儲けの自慢はよくしていた。あっけらかんと明るく話すので、周りは面白いホラ話として聞いていたのだろう。

読書千冊、貯金十万ドルを目標に、達成したら、東京に出て神学の勉強をして牧師になると言っていたのを聞いたことがある。その後、地元の新聞に、「松城良作氏、……千冊の本を読破、今後は神の道へ……」と、記事になった。貧しさから学歴もなく、職を転々としながら自立、商売を始め、さらに独学読書に励み、ついに、千冊読破。「現代版二宮金次郎は沖縄にいた」と、称賛された記事だった。

確かに、そこに嘘偽りはない。千冊の本を読破、貯金十万ドル達成。いつも明るく声は大きく、人前で落ち込んでいるところを見せたことがない。超プラス思考、愛読書は聖書。人生の指針は成功哲学書。成功者の常道を行く。それを絵に描いたような人だった。しかし、そこには、本人を前にしては言えない、胡散臭さが常につきまとっていた。ある意味、これは正体不明とも言える。

あとで出てくる話だが、上野に土地投資の事務所を持っていたかと思えば、一室を借りて人生相談所を開設する。

「一ヶ月、予約でいっぱい」と言う。

こんな広い東京で、予約でいっぱいの人生相談室というのも眉唾ものだが、良作が、自信たっぷりに淀みなく話すと、その場に限っては、納得せざるを得なくなるから不思議なのだ。それだから、詐欺師の雰囲気にも近いとなる。

コザでの商売のあと、いよいよ、東京へ出ることになる。景気のいい、すこぶる順調な商売をスパッと閉め、店を整理し、東京へ出発となる。ベトナム戦争が本格化する前、昭和三十七年（一九六二年）のことである。これが、また、良作の独特の勘というか、やはり、商売で財をなすのは、その予見性というのか先見性というのか、商売勘、世相を読みとる嗅覚、そういった鋭さが必要なのだろう。

ベトナム戦争が始まり、米兵の様子にも変化が出た。ビリヤードのような、ある意味知的で集中力を要するようなゲームより、飲んで騒いで、激しいロックに酔い憂さを晴らす。戦場でのストレス、後遺症による精神のダメージ。ドラッグが、出回っているという噂も流れたことがある。そのあと、本土復帰で世相は盛り上がり、沖縄振興策にインフラ整備、ドル安は加速し、激動の時代へと移っていく。あのトップビジネスも既にピークを過ぎ、下降線を辿っていった。良作の読みに紛れはなかった。

上京した時、良作三十二歳。ここから、良作の人生第二幕「東京舞遊伝の巻」が始まる。

当時、沖縄はアメリカ統治の時代である。日本国への入国は、琉球政府発行のパスポートが必要とされた。

東京へ行くとなると、まずは那覇から鹿児島へ船で二十八時間、鹿児島から急行に乗り二十六時間の旅程だった。当時、船は揺れた。そのまま乗り継ぎで夜行の列車というのはさすがにきつい。どうしても鹿児島で一泊ということになる。旅館で相部屋が多かった。

那覇空港からノースウエストの国際線も出ていたが、まさに国際線、アメリカ人のビジネス軍関係、沖縄を拠点に商売する中国人貿易商などが多かった。

2

生まれて初めての東京だった。見るもの聞くもの、当然のように珍しく面白い。しかし、そこは、米兵相手に派手に英語で商売してきた自負がある。町の裏取引、交渉なども心得たものだ。東京が大都会で物珍しくあっても良作にとっては、どれほどのものでもない。ただ、金が絡んで裏社会に首を突っ込むようなことだけは注意しようと肝に銘じていた。

「なに、いざとなりゃ、沖縄空手があるさ」と素手の喧嘩に限り、腕には自信があった。刃物は逃げるに限る。これが良作の喧嘩哲学である。

良作の思いは一つ、牧師になること。伝《つて》はまったくない。しかし、良作には、妙な自信があった。行けば何とかなる。思いを強く持てば、必要な人が俺に寄って来る。そして、道は自ずと開ける。そうやって、商売も成功してきた。

上京し、郷里の知人、大島祐三を訪ねた時のことである。大島は子供向け科学事典のセールスをしていた。

「……ちょっと東京の様子を見に来た。……金はある。贅沢しなければ、一生暮らしていける金はある。一年勉強して大学に入ろうと思っている。アハハハ……、金は貸さないよ。人は自分で努力してね、僕みたいに必死になれば、金は貯まるよ。努力努力、だけど、その努力の欠けらも見せないでスマートにね。それをダンディズムと言うわけさぁねえ。ダンディーの見本はイエス様だよ。あの人はダンディーだった。あのマグダラのマリアが、ころっと参ったわけでしょう。いろんな男を受け入れてきた、ある意味、聖女のような、当時、ナンバー1と言われた、あの娼婦マリアが、一発で惚れたわけだから。この人になら命も惜しくないと思ったわけでしょう？　それは、もう、イエス様のダンディーぶりを物語っている何よりの証拠だよね。物腰、言葉の使い方、立ち居振る舞い、すべて、恰好よかったんじゃあないのぉ。僕はイエス様になりたいわけよ。まぁ、容姿は無理だから、他のことで」

と、良作らしい薀蓄を傾けるのである。イエス・キリストに興味がない人、あるいは、宗教に興味がない人でも、この話術に、あっという間に引き込まれる。電車の中だろうがレストランだろうがお構いなし。朗々と持論を展開する。

必ず聖書の譬えが出る。アレンジした自己流の譬えになるが、聞いている人は、何も聖書の専門家ではない。聖書に書いてあることなのかどうかは分からない。良作の話術にはまり、納得することになる。確かに金は持っている。ビジネスで成功した。何とも隠しようのない独特のオーラがある。

このあたりが、やはり、本人に騙すつもりがあれば、騙される人間は、世の中にはうじゃうじゃいることだろう。良作は人を騙す人間では決してない。ところが、どうしても正体不明の、影の部分がつきまとうのだ。

「様子見て、そのあとはどうするの？　ははぁ、お前、その誇大癖をうまく使って、新興宗教でも創るつもりじゃないのぉ」

「新興宗教には興味がない。今は様子だけ。一年は東京で遊ぶ。考えるのは、そのあと。ゆっくりと」

「君は、酒は飲まなかっただろう。女か？　女遊びが派手な印象もなかったなぁ。コザでは、女は雇っていたの？　お前の女は何人いた。しかし、また、女がいたら金は貯まらんよなぁ。別れる時、慰謝料が面倒だしな。遊んで使うってのも難しいよ。使うレベルが徐々に上がってくると、あっという間だからな。散財してすっからかんとならなければいいけど……どうなの？　それに、東京は物価が高いし、生活に金はかかるし、どうなんだよ？　今、アパート？　何？　ホテル！　ホテル暮らしか。いやや、まぁ、……それは、呆れたね。……いや、参った……。しかし、沖縄とは比べられないだろう。冬は寒いよ。帰ったほうがいいんじゃないのか」

「はいはい、心配ご無用。僕の金は膨《ふく》らんでいくようになっているから」

「膨らむって、投資か？　株か何かやるのか？」

「ギャンブル。競馬」

「競馬？　おいおい、冗談だろう。イエス様には、これまた、似つかわしくないんじゃないのぉ。あれほど、朗々とイエス論をぶっておいて、ギャンブルはないだろう。俺もつい騙されそうになったけど……ギャンブルはないよな。ま、捨てる金がありゃ、別だ」

「イエスは、人生はギャンブルと言っている。人生そのものがギャンブルだって。そもそも、右に行くか左に行くべきか。この人に付いて行くべきか。この決断の時、これをギャンブルと言わずして何と言う、と、ま、ゲームとしてのギャンブルと人生の決断とを迂闊に比較するのもどうかだが」

「しかし、競馬なんて、すぐに摺《す》っちまうよ。今東京で流行っているだろう。植木等のスーダラ節。馬で金儲けした奴ぁないよ、って」

「分かっちゃいるけどね……止《や》められない、ってね。お前、本気か。頭は確かか、だろう。あぁ、本気本気。コザで商売してたからね。あれもギャンブルみたいなもんよ。競馬はやったことなかったけど。潮目を読むのは、ビジネスの常道だから、得意なわけよ。いつ行くのか。待つのか。今、行くのか」

初めて東京に出て来て、初めての競馬で、どういう風に潮目を読むのか。良作特有の物言いで、潮目という言葉を使う。

良作は続けて言った。

「素人に競馬の潮目なんて読めるのか、って思うだろう？ そもそも潮目とは何なのか。と、俺独特の潮目論を、ここで展開してもいいんだけど、聞いても面白くないでしょう。だから、ま、現実論を話すことにするよ。

手始めに、一ヶ月ぐらい、スポーツ新聞を見て、距離と枠の関係を考察してみた。一ヶ月でいい。

競馬というのは、なぜか八枠が絡む確率が高い。八、つまり、大外の枠……なぜか。馬は臆病な動物と言われている。その性格から、自分の外側を気にせず、内側だけ見て全体の様子を見ながら走れるのがいいらしい。外枠は、それだけ外に膨《ふく》れ、と言うのは、外を余計に回り、それだけ余計に走らされるわけだから不利と思われそうだけど、さにあらず、馬の心理として、余裕を持って思いきり力を発揮できる、と、単純だけど、こういう外枠論に落ち着くわけさぁ。あとは騎手の騎乗技術。……それで、八に絡むのは五というのが割と多いことに気がついた（当時は枠番のみの八枠制）。

大井一六〇〇メートル、もっとも多い五―八を待つ。メイン十レースまで八絡みは四回出たが五はない。いよいよ、ここが勝負と五―八に、どんと百万。勘、感、第六感。俺の勘は、コザで商売始めた時から、外れたことがない。ここという時しか使わないから、勘の精度が高い。結果は、ハイ、ドンピシャ。五―八、九・八倍ついた。払い戻し総額九百八十万円也、と。嘘と思う人は救われない。このあと、競馬に手をつけていない。そうそう、一発大当たりが続くものではない。引く時は未練を持たない。スパッと引く。そして、また、辛抱強く次のチャンスを待つ。嘘みたいな本当の話。信じるものは救われる。道を求めるものに道はある。アハハハ……、だから、ほら、今日は、こうして高級ケーキと高級フルーツセットを持ってきたわけよぉ。金があれば、どうしても高級志向さぁねぇ。自由が丘の有名なケーキ屋、『霧の森』、滅多に食えないよぉ。何しろ、自由が丘マダムの御用達だからね。アハハハ……」

大島は呆気にとられて聞いていた。また、大ボラをと思うのだが、漫談でも聞くように聞いていると、「アホ！」と思いながらも、「ひょっとしたら、この男ならやりかねない」と納得することになる。この「ひょっとしたら」と思わせるところが良作の話術である。リズム、ムードがいい。

ビリヤード場は、たまたま時代が良かったんだろう、と周囲のやっかみを受けながらも、「次は何をやらかすのか」「この男ならやりかねない」と思わせるところが、この男にはあるのだ。

その後は、知人友人親戚にも連絡せず、音信はぷっつりと途絶えていた。消える時は消える。三ヶ月が過ぎた。

3

ある日、ふらっと、これまた同郷の幼なじみ真津玄雄《まづげんゆう》の借家を訪ねてきた。

「しばらく置いてくれないか」と言う。

「どうした?」と訊くと、「わけは訊かんでくれ。一週間でいい。二階が空いているだろう」と言う。

真津は、良作と同年、遅咲きの医学生だった。地方の国立大理学部を出て、高校の数学教師をしていた。医者への夢を捨て切れず、父親に懇願し何とか某私立医大に潜り込んだ。元々、頭は良かった。私大は受験科目が少ない。入学金の安い某私立医大に的を絞り、過去問題を徹底してやった。殆ど頭に叩き込むほどやり、何とか合格した。二十七で入学し、当時、医学部四年だった。

父親からは、

「おれも歳だから金はない。銀行から借りて授業料は何とか工面するから、留年は許さん。バイトはするな。ストレートで医者になれ」

という条件で、建売の中古の借家を与えられた。お手伝いをつけて勉学一筋の生活をしていた。

金はないと言いながら、借家にお手伝いとは何とも贅沢だが、

「何、金はあると思うよ。ただ、締めるところは締めておかないと、オレもオヤジも歳だからな。お手伝いをつけるのは、いい身分だけど、オレにも分からない。オヤジによると、オヤジが東京時代の知り合いの娘で、困っているので、雇ってやったそうだ。……いや、近いらしいよ。歩いて来れるんだろう。くわしくは知らないが」

と、真津は言う。

「お前のオヤジの隠し子だったりしてな」

「オレもそれはチラッと考えた。派手に遊んでいたらしいから。でも、ま、詮索しないほうがいいだろう。見てのとおり、色っぽいだろう？　お前、変な気を起こすなよ。あとが怖いぞ」

と真津が言う。良作にはそんな気はさらさらない。

「何年ぶり？　五年？　五年かぁ。変わらないね。金持ってるらしいな。いろいろ話は

伝わってくるけど、……新聞も読んだよ。お前の記事、オヤジが送ってくれた。……ん？　四月に出て来たって？」

「そうそう、四月だよ。大島にも会ったよ。あいつも相変わらずだ。貧乏性から抜け出ていない。金の話に飛びついてこない。運でも何でも、クジでも、呼び込むようにならなければダメだね。金に縁があるというムードは、自分で作っていかないとね。この世はムードが支配している。ムードがムードを呼ぶ。いいムードとは、まず自分が変わって、そのムードを作らないとね。そうしないと金は寄ってこないよ。……そこで、だけど……大変なことになった」

　良作が、急に表情が変わり、青ざめた顔で言った。

「なに、ギャンブルで破滅か？　だから、言わないこっちゃないんだよな。ムードどころじゃないだろう」

「違う。その逆」

「なに、また大儲けか？」

「……別の次元……神が降りてきた……」

「……？　……、カミ？　……何の？」

「何の神かは分からない。俺の脳に入ってきて、俺に何かを言わせようとしている。勝手に言葉が出てくる。……今は大丈夫。いつ出るかは神様次第……」

「カミ、って、その神ね。ふぅ〜ん、と言うしかないな。君にとっては願ってもないことだろう？　いよいよ、新興宗教、教祖様の仲間入りだ。それで……、そのいつ出るか分からない神の声を、オレに聞かせたいってことか。神の道に進むのはいいけど、妙な騒ぎにオレを巻き込むなよ。それに、お前が勝手に神と思い込んでいるだけで、とんでもない悪霊かもしれんぞ」

「……悪霊ではないようだ……」

「それで、何がどうなった？」

「……少し、少し経緯を話そう。……ま、しばらく、命の洗濯で東京を満喫しようと、手始めに上野あたりのキャバレーに行ったと思ってくれ。多分、導かれたのだろう」

「ん、よく分からんが、妙なところに導く神様だな。それに、また、上野とは地味だねぇ。ある意味、渋いとも言える。垢抜けない？　こう言うと地元に悪い？」

「いや、そのキャバレーで、最初についた娘が、これが本物の娘だった。正直あまり期待していなかった。社会見学と思ってね、まずは手始めだから。ところが、これが可愛いの何のって、ダイアナってんだよな、名前を。もちろん、仕事上の名前。れっきとした日本娘だ。

俺、コザで商売を始めて以来、濃い顔の沖縄美人ばかり見てきただろう。その反動か、東京へ来てからってもの、醤油顔のあっさり美人にすっかりハマっちゃって、そのダイアナって娘も、ほっそり色白美肌の醤油顔。何で、こんな綺麗な娘がと、瞬きするのも勿体ないから、ビールを持つ手にも力が入らず、うっとり。ズボンにビールをこぼしたら、優しい手で『いけない子』って拭いてくれるんだよ。参ったね。何と優しい。三歳でおふくろ亡くしてから、母の愛に飢えていた。涙が出た。男はバカだから……。いや、どうでもいい。何で、何で、キミみたいに美人でスタイルがよければ、モデル、タレント、銀座の高級クラブ、どこへ行っても、間違いなくやっていけるだろう」

「おい、その金に任せて銀座の高級クラブまで行ったのか」

「いや、行ってない。まだ行ってない。これから行くかもしれない。金はある。……ま、次を聞け。……どこまで話した？　そう、そう、『何で、何がどうしたんだい？』と、訊いてみた」

「まぁ、お前の性格だな。人生相談の始まりか？」

「その時、『ダイアナちゃん、ご指名で～す、三番テーブルまで』、と声がかかった。ダイアナちゃんが席を外したあと、俺は、一人でビールを飲む気にもなれず、次に来る女を待っていた。その時だった、『松城くん、松城くん、至急レジまで』と、店内アナウンスがかかったんだよ。いきなりで俺もびっくりしたけど、ま、そこのボーイかスタッフに松城ってのがいたんだろうな。そのあと、また、『松城くん……』という呼び出しがあった。その瞬間だ、ガァ～ンかドォ～ンか俺の脳に衝撃があって、降りてきたんだよ。その何様が。その時から、口が勝手に動き出し、自分とはまったく関係のない言葉が出始めた。

『吾は然るべき存在である。然るべきとは、それ以上でも、それ以下でもない。まさに、然るべきである。これを神と言う人もいる。少し面映ゆい気持ちもあるが、そういうことは、あまり気にしない。表現は自由である。この男の感度がいいので、この男を借りることにした。この男、我が道を行く。一途なところがある。ホラは吹くが嘘はない。人はいい。明るい。声に張りがある。教祖の素養はある。ひょっとしたら、ひょっとする。これからも金に困ることはない。感度を磨け』と御託宣があった」

「おい、待て待て。そんなこと、いきなり喋り出したのか？　そのキャバレーで？　呼び出しのショックから？　……店のシートに座ったままで？　いやいや、すごいのか何なのか。お前らしいと言えば、お前らしいし……いやいや……」

「そうなんだよ。いきなりだよ。それも朗々と張りのある声で……まるで演説だから、店の支配人が、慌てて、『お客さん、酔っぱらっては困りますよ。他のお客さんにご迷惑ですからお帰りいただくことになりますが、よろしいですか？　……六番テーブルのお客さん、お帰りで～す』と追い出されたってわけだ。しかし、まぁ、電車に乗っても、喋る喋る……俺は、もう、しょうがないから途中下車して、日比谷の帝国ホテル、ま、そこに長期滞在の身分だけど、……その我が帝国ホテルまで歩いたってわけだよ」

「俄かには信じ難いけど、どうなのかね……」

「俺自身、突然、別人格が住み着いてしまったものだから、俺にはどうにもならない。信じられないだろう。でんと主人の座を占めている。別人格が主で、俺が従だ」

「しかし、そこは、それ、いくら乗っ取られたとは言え、お前の身体なわけだから、お前は、そこで話し合うんだよ。その別人格の何者かと。脳ミソかハートか、そこらあたりで話し合う、……それしかオレには考えられない。しかし、お前、誰だか分からない他人に脳ミソ乗っ取られて、これから、どうするんだ？　いつ出てくるのか、あちら様次第で振り回されているわけだから」

真津は、友人として、一応心配はしているようだ。

「いや、俺はこれでいい。何か新鮮な感じがする。この三十年、松城良作を演じてきたが、そろそろ、松城良作のドラマは終わりにして、別の役を演《や》りたいと思っていたところだ。変わった役を演《や》りたいと思っていたところ、幸い向こうから役が降りてきた」

「……それで、お前の内《なか》に居ついているのか、時々入ってくるのか知らないが、男なのか女なのか」

「いや、それが、男のようでもあるし、女のようでもある。ものの本によれば、そもそも、人間は両性具有であると。そして、また、ものの本によれば、中が女で外見が男の場合、変性《へんじょう》男子、その逆は、変性《へんじょう》女子と言うらしい。神様に男も女もないと思うけど、今のところ、男に近いような感じだな」

「しかし、女のほうに傾けば、お前が女の語り口になるわけだろう。いや、また、これは、聞いてみたいな」

「今日の本質はそこではない。大分、回り道をした。降りてきた神が言うには、北海道へ行けと。行けば分かる。今売りに出されている原野がある。これからは、さらに暇と金を持て余した人種が増えてくる。余暇を楽しむ時代が来る。リゾート、ホテルなど開発が進んでくる。安いうちに買っておけ。五年もすれば、倍以上になる。……こうお告《っ》げがあった。さっそく、上野に事務所を構えスタッフを取りあえず三人雇い、白銀舎という会社を立ち上げることにした。会社名の由来？　いや、北海道だから白銀という単語がすうっと浮かんだ。ただそれだけだ。中身は北海道土地投資。とにかく先物買い、先行投資。必ず上がる。放っておく手はない。お告げに間違いはない。俺は、いつも、そうして、決める時は決めてきた。スタッフは東大出のエリート、但し、相当の変わり種だ。俺は、変わり種じゃなきゃ使わない。変わっているほうが、アイデアの蓄積は多い。頭はいいが、大企業には向かない。一人は落語研究会、通称落研にいた。口は達者。放っておけば、いくらでも喋る。しかし、俺には勝てない。もう一人は、放送研究会。人の話を引き出すのがうまい。以上男子。女性が一人。やはり、職場には一輪の花が必要だ。俺は、コザで、何十年と人を使ってきたから、現場の管理はお手のもの。

　今、事務所の内装をしている。一週間かかるそうだ。この間、いろいろ先のことを考えることにした。ホテルを出て、静かに邪魔されずに考えたい。一週間、ここに置いてくれ」

「何だ。結局、理由を話しているじゃないか」
「あ、まずいな。話したね。……いや、まずいね。しかし、神様が言わしているのよ。お前だから、いいと。ま、いいんじゃないか。そう、いいよ」

4

一週間、真津の二階に居候することになった。真津は昼間は大学に行く。そのあとは、通いのお手伝いと良作の二人だけになる。

お手伝いの女性は、堀端蘭子《ほりばたらんこ》と言った。年の頃は、三十代半ば、離婚歴があり、現在独身ということだ。これが、また、女盛りの艶っぽさを周囲に振りまき、何とも色気のある女性だった。細身で楚々として、少し低音でいわゆるアルト。アルトはいい。胸にジーンと響く。言葉は丁寧で礼儀正しい。良作は、これぞ大和撫子という女性に初めて会った思いがした。こういう女性が、やはり、日本にはいるもんだと。

蘭子からは不思議なオーラが放たれていた。艶っぽさで惹きつけられる一方で、近寄りがたいという、何とも男を悩ませる、不思議なオーラだった。

蘭子は、真津が大学へ出たあと、午前九時に出勤してきた。掃除洗濯をして、そのあと、夕食の準備の下ごしらえをし、ひとまず、午後二時から五時までは休憩を取る。休憩時間に何をしているのかは個人的なことで分からない。詮索しないことにしている。買い物をしたあと、六時から夕食の準備をする。真津が、夕方六時半頃帰宅すると、夕食を出し、後片付けをして、午後八時に仕事を終え、帰路につく。

蘭子は、実に控えめで、物腰は柔らかく、もちろん、色白醤油顔、良作もひと目で参ってしまった。まるで、弥勒菩薩のようだと、唐突に思った。仕事はやっているのかいないのか分からないほど静かにこなし、なぜ、このような女性が真津のお手伝いなのか、良作には合点がいかなかった。真津にしても、休講とか、あるいは、少しはサボって帰宅が早くなることもあるだろう。二人っきりになることは、一日のうち、当然のようにいくらでもあるわけだから、その、……いわゆる男女の関係に陥るようなことはないのだろうか、といらぬ詮索をしたくなるのだ。

良作が居候している間、蘭子のペースは乱れることなく、淡々と続いていた。まるで、良作は眼中にないような蘭子の態度だった。ただ、昼食は用意してくれる。真津が頼んでおいたものとみえる。昼時になると、「松城さん、お食事いかがなさいますか」と、訊いてくる。いかがなさいますか、と訊かれたところで、既に用意されているのである。

「お運びいたしましょう」と、二階まで運んでくる。

「いや、下に行くよ。一緒にどうですか」

と言うと、

「いえ、私は外でいただくことになっていますので」

と言う。

そういう決まりなのか。真津も融通が利かない野郎だな。そんな堅苦しいことは抜きにして、家庭的な雰囲気でいきましょうよ、と良作は思うのだ。しかし、「いきなり来て、居候の身でわけの分からないことを言うんじゃない」と、真津に釘を刺された。

良作は、日がな一日外出もせず、トイレ以外は二階に籠りっきりで過ごした。カーテンを隙間なく閉め、薄暗い中にじっとしている。神の御託宣を待っているのかどうなのか。本人のみぞ知るところである。

近くの銭湯に毎日通った。沖縄ではアメリカ式にシャワーだったので、東京の銭湯が心地よかった。歩いて十分ほどの距離にある。夕飯のあとが多かった。真津と一緒に行くこともあった。借家にも風呂はあったが、当時のこと、いちいち沸かすのが面倒くさい。

居候六日目、一番風呂ってのもいいな、と、その日は午後三時に銭湯が開くのを見計らって、風呂に出かけた。一番風呂というのは、大体が近所のジジィ連中がいるものだ。

番台に金を払い、服を脱ぎながら浴場に目をやった。良作は我が目を疑った。ジジィ二人に、もう一人は色の白い御婦人？　身体を丸め、前かがみに座り洗っている。

「えぇぇ？　この時間、混浴かぁ？　東京のど真ん中に混浴とは、何と贅沢な、……。まさか、何かの間違い、映画のロケか？」

と、目を凝らすと、ジジィどもは平然としている。一人は、てめえの股間をやたら熱心に洗っている。もう一人はと言うと、湯船に首まで浸かり、茹だっている。

「こいつら、もうろくして周りが見えねぇんだろう。視力もバカになり、分かんねぇんだろうな……」

と、よぉく見ると、これは、また、たまげた。色白の婦人は、何と、あのお手伝いの蘭子ではないか。

「えぇぇ！」

よく見ると、胸の膨らみが薄い。しかし、長髪をくるりとまとめた首筋の色っぽさ、背中のライン、腰の線、これは女だろう。

「いや、しかし、男風呂にいるってことは、蘭子は、男かぁ！　いや、これは、どう対応、挨拶……いや、分からねぇ。急なことで、いくら俺でも、これは分からねぇ。……モノは付いていているんだろうな」

良作は慌てた。

「おばさん……あれ……いや、何も……ごめん。忘れ物」

と、風呂にも入らず、番台に声をかけ、銭湯をあとにした。一番風呂は行くもんじゃねぇとこの時思った。

帰路の道すがら、このことは真津に話したものかどうか思案した。

（いや、あいつ、既に知っているんじゃないのか。いやいや、どうにも面倒なことになってきた。何で俺が悩まなきゃならん？　どうでもよかんべよ。俺は一大事業を控えているんだ。このことは俺の記憶の隅に置いてと、ま、なるようにしかならんから……）

居候最終日の朝、良作は、

「俺も昼過ぎには出るから。世話になったな。そのうち、また、お礼でもするよ。帝国ホテルで、ディナーでもどうだ。蘭子さんも連れてきたらいいよ。彼女、外で見てみたいよな。あんな綺麗な女性は、滅多にお目にかかれないよ。食事でもしながら、ゆっくり話してみたい」

と、真津の様子を探りながら言った。

「有り難う。彼女はどうかな。口数少ないからな」

真津は、特に変わった様子は見せなかった。

人は両性具有。変性男子に変性女子。

5

秋も深まっていた。樹々の葉も鮮やかに色づいた頃、良作はマンションを購入した。上京後、半年が経過していた。大島と真津は、

「あいつ、一体、何を仕出かすのか」

と、興味津々、良作を訪ねた。

浅草言問《こととい》通りに面した十二階建ての最上階だった。２ＬＤＫ、二十坪ほどだが、一人で住むには充分な広さだった。

「ここはいいよ。浅草寺も歩いて行ける。近くに浅草国際劇場、ホテルもあるし、沖縄から知り合いが来たら、そこで食事もできる。何と言っても、この通りの名前がいいでしょう。言問通り。言問の響きがいいよな」

と、良作は、すっかり都会の話し方になっていた。

「これだと、五千万はするかぁ」

と、大島はビジネスマンらしく値踏みを始めた。その当時、周辺にこれほどの高層建

築はなかった。

「見晴らしは最高だね。よく金があったな。会社はうまくいっているの?」

「あ、あれは、もう、閉めた。売れるものが売れたから。神様のお導きで北海道の土地が完売。先物買いで、あとからリゾート関係の会社が売ってくれと来たもんだから、利益が出てね。今、富士と住友の二つの銀行に五千万ずつ預金しているから、その利息だけで食っていける。だから、スタッフに退職金を出して会社は閉めた」

ちなみに、当時の預金利息は年六パーセントだった。

良作がいとも簡単に言うものだから、大島も真津も、呆気にとられ、いつもの良作のペースに巻き込まれていった。(おい、オレにも、その金儲けの秘訣を教えてくれよ)と、口に出しそうになるのである。これが、良作の話術である。

「そろそろ本腰を入れて、大学入学の準備を考える」

良作は、試験の準備ではなく入学の準備と言ったのである。

「入学の準備って、まず、試験だろう?」

「いやいや、それじゃあ、ダメよぉ」

と、沖縄調子に戻り話を続ける。

「試験の準備というのは、落ちるかもしれないと考えるから出てくるんだよ。それじゃ、ダメよぉ。どこまでもプラス思考で行かないと。自分は、大学に入るということを前提に思いを強く持つから、その強い思いが発信され、その思いを受信してくれる感性の強い人につながる。そして、思いの周囲に実現というヴィジョンがはっきりしてくる。そうすると、内在するエネルギーがそれに向かって働いていく。スムーズに道筋ができてくる。こういうことなんだよ」

良作の言葉は、強力な磁場を形成していた。大島も真津も何にも言えなかった。

現実に金を持っているであろう男が、ホラを吹くと、ホラがホラでなくなってくる。しかし、しがないセールスマンと遅咲きの医学生では、とにかく今は太刀打ちできるものではない。

リビングに掛けられた名画を自慢され、ただ納得するしかない。

「これ、みんな本物だよ。これはミロ、二千万。あれはセザンヌ、五千万」

(こんなところに、ミロだセザンヌだと、あるわけねぇだろう)と呆れるが腹は立たない。

「金がないから無理。買えない、できないと、やる前から白旗を上げていたら何にもできない。まず、これがしたい、こうなりたい、という思いを強く持つ。金がなかろうが家柄がどうだろうが、まず、思いを持つ。そうすると、あなたをサポートしましょう、という人の感性につながっていくようになる。これが発信の意味であり、発信すれば必ず受信するものが出てくる。これが縁であり出会いだよ。人の思いというのは、そういうものだよ。『求めよ、さらば与えられん。叩けよ、さらば開かれん』とは、まさにこのことだろう。

今、この名画は、ニセモノに決まっていると考えたでしょう。それがダメなのよ。本物ニセモノは、この絵を観る人次第でしょう。想像力でこの絵の背後にある作者の思いを理解しようとしてごらん。構図、色彩、コピー作品ならコピーしようとした人、本物に似せようとしたその執念に迫ってみる。そう、想像力を働かせて。そうすると、目の前にある絵が、本物を超えて本物になっていく。作者の思いに真っ直ぐにつながっていく。これが鑑賞ということだよ」

大島も真津も直立して、まるで催眠術にかかったかのように、良作の意のままになっていた。

近くのホテルに行き、良作はフランス料理のフルコースを二人に振る舞った。良作は早くも常連のようであった。たった半年で。

レストランに入ると、支配人らしき男が寄ってきて、

「松城様、いつもご贔屓いただいて、有り難うございます。いつものお席ご用意させていただきました」

と、窓際の眺めのいい席に案内した。良作の指定席のようだった。支配人らしき男は矢島と言った。

「矢島さん、今日は、沖縄の友達を連れてきましたよ」

二人を矢島に紹介し、

「矢島さんはハンサムでしょう。……映画スターみたいだよね」

と世辞をさらりと言う。良作は、どこに行っても、軽い世辞とリップサービスを忘れない。しかし、映画スターという表現が時代を感じさせる。

「ムード作り。言われて悪い気のする人はいない。軽くね。過ぎたらダメ」

食事をしながらも要所要所で、良作の独演会は続き、

「君たちは、多分ワインの味も分からないだろうから、一万のものでいいね」

と、良作に言われ、ただうなずくしかなかった。

当時、一万円のワインと言えば超高級品である。二人には、高級フランス料理もワインも、ゆっくり味わうほどの余裕もなかった。

「今日は、有り難う」

と言うのが精一杯。打ちのめされたように家路についた。

「あいつ、何であんなに金を持っているんだ。土地投資だけかな。土地にしたって、神のお告《つ》げで、ああいう風に、ドンピシャ、当たるものかね。今、株もブームだって言うし、当たれば大きいけど。これも、どうなの？

毎試合満塁ホームランってのもなぁ……、分からんねぇ。やっぱり、正体不明か」

少し冷静さを取り戻すと、やはり、その正体に疑問が湧いてくるのだ。

6

その年の暮れ、音沙汰なく過ぎていった。年が明け、春の声を聞き、入学シーズンを迎えた。

とある日曜日、真津のところに、良作がひょっこりと現れた。

「昨日、入学式があった。一応、俺が最高齢だった」

大学はマンションから一時間ほどだという。某私立大学の神学コース。ホントにそんなコースあるの？　学生証見せてみろ、とも言えない。そういう話のきっかけを与えると、また、独演会が始まる。そうなると、また、手がつけられない。確かに、神が降りてきたと言ってから、饒舌に弾みがつき、喋り出すと止まらないのだ。だから、そのきっかけを作らないように、そっとしておくことに限る。

四年通って牧師になると言う。真津は言わせておこうと思った。真津も医学部五年になり、いよいよ臨床実習も始まる。人のことにかまけている暇はない。

良作が、また、身を隠すためか、「二階が空いているだろう」と言い出さないか、ひやひやしながら話を聞いていた。

「聖書は繰り返し読んだから、解釈の問題だけで、何の心配もない。ま、どこで持論を展開するかだけど。あとは、一般教養だな。英語は問題ない。会話はアメリカ兵を相手に商売していたから、アメリカ各地のアクセント、スラング、すべて分かるし、まぁ、僕はスラングでアメリカ兵相手に口論できるくらいだからね。言語学で論文が書けるくらいのレベルにはあるだろう。スピーチはビジネストークから始まって、得意の分野だからね。時間をくれれば、いくらでも話す。話題にも事欠かない。文章は、あらゆるジャンルの本を読んでいるから、これは、まぁ、ペンを持てば、一晩で論文の一つくらいは簡単に書ける。去年は秋口から、卒論請け合います、と広告を出して、頼まれて十本くらい書いた。金じゃない。中身がどれだけ通用するかやっただけ。どうってことないよ。飛び級で二年で卒業するつもり」

と、良作は豪語する。話は続く。

「なに、大学にその制度がなければ、制度を変えるまでだ。無駄な時間を過ごすことはない。君なんか、ホントに大変だよな。医者一人なんて二、三年で作れるだろう。昔の徒弟制度がいいんだよ。側に付いていて、最初から患者の診方《みかた》を修練する。無駄な教養科目をなくす。下手な新米医者よりベテラン看護婦って言うだろう。

僕が、大学に行くのは、大学の雰囲気というものに少しでも触れて、その雰囲気を味わうということに意味があるからだよ。その雰囲気に触れた、教授先生たちと議論を交わした、その教養、学術的な場に居合わせたということが、ま、人生の隠し味とでも言うのか、そういうものになるんじゃないかとね、こう考えるからなんだけどね。どうでもいいことだけど、人は先入観でものを見るからね。

だから、雰囲気を味わい、自分でいいと思ったら、半年でも一年でもいいわけよ。何もカリキュラムに縛られて、不自由な時間を過ごすこともない。ま、僕を通してキリストが何を語るかだから……」

お、いよいよお出ましになりました。真津は、良作の物言いが少し変わっていることに気づいた。イエス様ではなくキリストに、俺ではなく僕に。これは何を意味するのだろう。

「……僕を通してキリストが何を語るか、って、おい、良作よ。お前の中にいるのはキリストか？　そういう意味か？」

「そういうことじゃないよ。僕に降りてきたのは別の神。今でも時々降りてきては僕に語らせる。テープにも録ってある。僕を通してキリストが語るというのは、僕が解釈したイエス・キリストを僕が語るということだから。つまり、イエス様は僕が純粋に聖書に触れて、あのイエスの時代に入り込もうと、歴史の軸の上で理解する純粋性としてのクリスチャニティー。分かる？　これが縦軸。一方、キリストは時空を超え、歴史を飛び越え、言ってみれば、エターナルな宗教としての普遍性。これが横軸。この二つで十字が完成する。イエス・キリストの十字架の意味はそういうことだよ。これを言っているのは、おそらく僕だけだと思うけど。だから、僕はイエス様と言っていたのを、一度、キリストと言わなければならないということになるわけね。……分かる？　……アハハハ」

いや、参った、と真津は思った。まるで煙に巻かれる、さっぱり分からん理論空論。何も言えない。また、独演会に火を点けてしまった。あぁ、もういい。早く帰ってくれ。自由が丘の高級ケーキだけでいい。もう、帰ってくれ。蘭子と二人でケーキを食うから。

そこへ蘭子が戻ってきた。午後五時だった。平日週末の区別なく、蘭子のスケジュールは決まっていた。

蘭子は良作を見つけると軽く会釈した。

また、一番風呂に入ってきたのだろうか。そう思ってみると、通り過ぎる蘭子から、ほのかな石鹸の香りが漂ってくるような気がした。この日は、薄いグリーンのスカートに、ライトイエローのカーディガンを羽織っていた。カーディガンの下は白の開襟シャツだった。長髪はいつものようにアップにして、くるりとまとめていた。

ゆっくりと静かに、いつものように台所へと向かう。首筋から肩、背中にかけての艶っぽさ。ゆるやかに丸みを帯びた腰の線。何とも色っぽい。胸にも何ら違和感はない。着ているものも、白い肌にぴったりだった。

しかし、これが男とは、どう見ても考えられない。離婚歴があるとか真津は言っていたが、どういう離婚なんだろう。真津は知っているのだろうか。いや、しかし、これは不問にして蘭子を女として見ているほうが心地よいと良作は思った。蘭子は女なのだ。変性男子とは、まさに、蘭子のことを言うのだろう。しかし、蘭子とは……これは本名か？　いや、どうでもいい。詮索してどうなるものでもない。あれは幻だったのだ……。

（……いや、待て待て。……考えてみれば、あの妖艶歌手、丸山明宏が東京にはおるわけやから、女装した男が、銭湯に行ったと考えれば、なぁも不思議はなかろう。なぁも深刻になることはなか。そうか。それが東京か。沖縄では女装の男なんかおらんかったもんなぁ。それが東京の懐の深さっちゅうもんや。まっこと、東京はすごかとこばい。それを、いちいち驚いとるオレが、アホというこっちゃ。アッハハハ……玄雄はさすがや。東京の先輩だけあって、先を行きよる)

良作の頭の中は、なぜか九州弁になっていた。いい加減な九州弁だが、その状況によっては、心情にぴったりくる。良作は、これをリズム九州弁と言っていた。

良作は、東京のスケールの大きさ、恐ろしさを初めて知った。

(これが、東京ばい)

7

一年が過ぎ、良作は宣言どおり、飛び級どころか一年で卒業したと言ってきた。

そんなことが有り得るのかと、大島も真津も、また、いつものハッタリが始まったと呆れたが、卒業パーティーをやるからお前ら来いと言う。

会場はマンション近くのホテルだった。何と招待客三十名という豪華なパーティーだった。大学の学長、神学部部長、以前の会社の元スタッフとその家族、蘭子も呼ばれていた。真津とは別に招待されていたようだ。着ているのは地味だが、蘭子のオーラは特別だった。これには良作も、あの時、良作が見たのは、やはり、幻だったのだ、と納得せざるを得なかった。蘭子は間違いなく女だと思った。良作にしては珍しく頭を振り、脳をリセットした。

「招待状に書いてありましたでしょう。ご祝儀はお断りしますよ。遠慮なさらずに堅苦しいのは抜きで、おいしい料理を堪能してください」

良作がロビーで、招待客を迎えながら言った。パーティーは立食形式だった。和気あいあいと進めていこうという良作のアイデアで、良作が司会を務めた。

「おい」、大島が真津に言った。

「良作が言っていたが、パーティーの費用は、全部良作持ちらしいぞ。なぁに軽い軽いと言っていたが、あいつ何やってんだか、正体不明だよな。大丈夫か」

良作の指名で、学長、学部長、友人代表などの挨拶があった。学長の挨拶は、ある意味微妙なものだった。

「この度は、松城良作君の学業修了の会にお招きいただき、大変光栄に存じます。……

松城君は貧しい家庭に生まれ、早くしてお母様を亡くされ、不遇の中にあっても切磋琢磨、努力を惜しまず、独学で勉学に励み今日の成功に至ったのであります。松城君の傍らには、いつでも聖書がありました。

……沖縄ではビジネスに成功し、彼はまさに富める者の宗教心とは如何にあるべきか、また、現代における富める心とは如何なるものか。松城君は……」

学長の長い挨拶が続いた。真津は、学業修了と言った学長の言葉が気になった。

最後に良作が一席ぶった。

「……私は現代に新なる宗教革命を起こしたい。宗派に捉われず組織に拘らない。一個人一宗教の新しい宗教観を広めていきたい。……私は今度、歌手デビューすることになりました。今日、パーティーにいらっしゃっている、よしまさ潤先生に作曲をお願いし、二曲作っていただきました。コーラルレコードから発売されます。作詞は私がやりました……」

良作の挨拶は十五分ほど続いた。この男、何を目指し、どこまで走るつもりなのか。友人二人には、遥か先を飛んでいく良作がそれこそ、いつか見えなくなるところへ消えていくような思いがした。

「よしまさ潤だとよ。すごいな。ヒットメーカーじゃないか。どこで知り合ったんだろう。どこまで話が飛んでいくのか。すごいことはすごいが大丈夫か。コーラルレコードは良作が立ち上げたっていうから、ま、自主制作ということなんだろうが、……どう思うよ、お前は」

と大島と真津、お互い同じ思いでいた。

確かに、今、良作は飛んでいる。スイッチが入れば、立て板に水。聞く者を催眠状態に陥れ、その話術に引き入れる。これは、そろそろ新興宗教かと噂は囁かれていた。

と、背後から、

「新興宗教は創らないよ」

と、良作の声がした。

「考えとしての宗教革命は起こすと言ったけど、新興宗教は創らない。宗教団体にしても、政治団体にしても、集団組織というのは、必ず興り消えていく運命にあるものさ。それはエゴがあるからだよ。栄枯盛衰はエゴの宿命だよ。歴史上の賢人は、皆さん、エゴを捨てなさいと言っている。しかし、人間である限り無理な話だ。だから、賢人は、最後は動かず黙するのみになっていく。僕もいつかは沈黙の人になるけどね。だから、今、こんなに動いて喋りまくっていると……アッハハ……と言うことは、僕は賢人と言うことになるねぇ……アハハハ、自分で言っているから世話ないね。アハハハ……どこまで飛んでいくのかねぇ。僕にも分からんよ。神の御加護、お導きのままに……あとは野となれ山となれ……いや、僕が喋っているのか、どうなのか。自分にも分からんのよ。参ったねぇ……アハハハ……」

良作は、招待客の間を忙しく回り、大きな笑い声と大きなホラ話を提供していた。

「食べて食べて、こんな美味しい料理は滅多に口にできないよ。よかったら包んで持って帰って。そうそう……蘭子さんも楽しんでますかぁ。いつ見ても、綺麗だねぇ」

もっとも、大きなホラ話かどうかは、受け取り方次第だ。良作の信奉者になりつつある人も多く見られた。

「松城先生、ぜひ、定期的に講演会を開いてください。先生の話を聞くと元気が出ます」

既に、先生と呼ばれていた。一年で学業を修了した男が既に先生だった。医者も教師もなり立てでも先生だが、それは、先生と呼ばれる職種だからだ。

良作は、果たして、先生と呼ばれる職種についたのか。学長挨拶でも「学業修了」と言い、「卒業」という語は使わなかった。何かどうも分からない部分が多い。

真津は大島に話してみた。

「いや、オレもそのことは気になったが、あいつに訊けば、『君たちは、そんなことに拘るから進歩がないんだよ』とダメ出しされて、また、独演会になるだろう。もう、いいんじゃないか。あいつの人生だし、金は持っているようだし、パーティーは盛況だし、世の中に先生と呼ばれる人種は掃いて捨てるほどいるし、オレも来年は先生と呼ばれる身分だし……だけど、蘭子をどうやって誘い出したのかな。電話か？　あいつ、一週間オレのところにいたから、電話をかけるタイミングは知っているだろうから……」

「何、ぶつぶつ言ってるんだよ。来年は三十四だな。そろそろ身を固めるか？　お前、お手伝いの女、どうなのよ。歳は離れているけど……」

「いや、そういうものじゃないよ。オヤジの知り合いの娘だし、向こうが年上だし……何？　……いや、そういうのじゃないって……何かわけありのようだし、ものは喋らんしな。オレは喋らん女は苦手だから。ま、オレがしっかり卒業するまで、しっかりと家事をやってくれれば、それでいいってことだよな。オヤジはオレの性格を知っているから、うまい配置じゃないの。授業料工面してもらって、弱みを握られ、ま、オヤジに牛耳られていると、そういうことだ」

「しかし、美人だよな。……わけありか……。良作は、気に入っているのか？」

「いや、知らん知らん。オレのところで一週間、居候して世話になったから呼んだんだろう、お礼をしたいと言っていたから……」

そこへ良作が学長と学部長を連れてやってきた。真津と大島を紹介した。

「二人は、沖縄の友人です。……お二人の先生がおられなければ、僕の学生生活は、成り立たなかった。お礼と言っては、お二人の先生に大変失礼だけど、僕の気持ちとして、今日のためにスーツ二着ずつプレゼントさせてもらいました。好く似合っているでしょう。三越でオーダーメイド。先生方は、僕をとても評価してくださった。先生お二人のご尽力で、一年で修了、卒業となったわけです。ある意味、できすぎる学生に周りが付いて来れない。もう早く卒業して、と。追放かなぁ。アハハハ……。時代を超えるというか、飛んでるというか、天才は常に孤高というか。あれ、ワインが過ぎたかぁ。アッハハハ……」

（この男、いくつまで生きるんだろう）

真津はふと思った。

（学費は使ったし、仕事はしてないようだし、銀行預金だけで本当に食っていけるのか。マンションは現金払いかどうか聞いてなかったな）

と、また、頭の中は良作に振り回されていた。

「マンションは、現金で払ったからローンなし。大丈夫、一生遊んで暮らせる金はある」

まるで胸の内を読まれたように良作が隣に立っていた。

「アハハハ……大丈夫。心配しないで。お互い、そろそろ嫁さんを探さないとな。僕は、もう決まりかけているけどね」

「えっ、初耳だな。どこで、どうしたんだよ」

「あの人。蘭子さ〜ん」

と良作は蘭子を呼んだ。真津は心臓が止まるかと思った。真津の顔を見て、良作は大笑いした。

「アッ、ハハハハッ……冗談、冗談。君のその顔。いや、どうだ。今世紀最大のジョークだろう。君に黙って、僕が蘭子さんと話を進めるわけないだろう」

「お、お前、びっくりさせるなよ。思わずオヤジの顔が浮かんだよ」

「だから、これから話を進めていこうかな、と……アハハハ……また、びっくりしただろう。あぁ、今日は愉快。ワインが過ぎてね。ワインは人を朗らかにさせるね。あぁ、愉快……」

確かに、人の心を読み要所をぐっと掴み、うまく操作するというような、そんな人心掌握の術を会得したのかもしれない。良作の周りには不思議のオーラが漂っていた。真津は踊らされている自分をどうすることもできなかった。

「僕は、蘭子さんの人間としての本質に興味があるから、じっくり話がしたい、というだけのことですよ。色恋沙汰じゃない。あの人は、そういう人じゃない。弥勒菩薩のような人だから。だから、君には黙っていたけど、パーティーに招待したということだよ。今度、一緒に食事することにした。……別に構わないだろう?」

真津は何も言えなかった。

(まぁ、オレの何でもないし、オヤジの何でもないし、好きにやったらいいだろう。し

かし、この男、どんどん先を歩いて行くけど、どこまで行くつもりなのだろうか）
と胸の内で呟くのが精一杯だった。
パーティーは盛況の内に終わった。

8

パーティーが終わって数日後、良作は真津宅にいるであろう蘭子に電話した。

「……蘭子さん、僕は東京に来てから、あなたのような美しい女性を見たのは初めてだ。と言うことは、あなたは、僕にとって東京そのものの体験とつながる。僕は、今、そのことを深く考えている。僕は真津をそう頻繁に訪ねるわけではない。あなたと、いつまた、お目にかかれるのか、僕には分からない。不躾で大変失礼ですが、一度ゆっくりとお話がしたい。お茶でも飲みながら、あるいは、食事でもしながら、あなたとゆっくりと時間を過ごせないものか。その機会を、僕に作らせてもらえませんか」

良作にとって、今、電話で話している堀端蘭子という存在が不思議でしょうがなかった。女かもしれない、男かもしれない。しかし、そういうことはどうでもいい。堀端蘭子という人間の気品と美の本質が知りたかった。

良作は、話している間も、蘭子がどういう反応を示すのか、蘭子の気配を感じとろうとしていた。しばらく沈黙があった。

蘭子の口が開く気配を感じた。アルト（？）の声が、真っ直ぐに良作の胸をとらえた。良作はその声に身震いがした。これほど妖艶な力を秘めた声に出会ったのは初めてだった。魔力のようでもあった。

「お食事いかがなさいますか」、これには品のよさを感じていたが、今、蘭子から発せられる声には、この人は、語りで生活できるのでは、と感じたのだ。

「……松城様のお誘い、とても嬉しく思います。私はご覧のとおり、何の取り柄もない地味な人間でございます。松城様が、どういうお気持ちで私をお誘いくださるのか存じませんが、他人《ひと》様のお誘いを無下にお断りするのは、人の道に反する。他人《ひと》様が、お前に声をかけてくださるのは有り難いことだと、常々、母から教えられて育ちました。ただ、私にも、人間故の諸事情がございます。すぐに今、お返事というわけには参りません。少しお時間をいただければ、日をあらためて、お返事申し上げたいと思います。私の気持ちをお汲み取りいただければ嬉しく思います」

良作は、電話の向こうの蘭子の話す姿勢、声の艶、言葉遣いに、やはり、女性としての気品を感じていた。

「……明後日の十時前、……えぇ、午前でございます。そのお時間に真津様のご自宅にお電話していただければ、お返事申し上げます。……その時間には、私しかおりません。真津様は、大変几帳面な方でございます。時間どおりに大学に出かけられ、判で押したようにお帰りになります。……いえ、息がつまるようなことはございません。とても気持ちよく仕事させていただいております。……いえ、真津様からは、余計なお言葉は一切ございません」

明後日、電話するということで、その日は電話を切った。

日をあらため、約束どおり電話した。電話に出たのは、確かに蘭子だった。

「……松城様のお誘い、大変嬉しく思います。誠に恐縮ですが、私には妹が一人おります。ご迷惑かと思いますが、妹もご一緒させていただければ、松城様のお誘いをお受けしたいと思います。……いかがでございましょう……」

「もちろん、構いませんよ。ええ。それじゃぁ、蘭子さんと妹さんの都合のいい日を考えて、僕が日にちを決めましょうね。あぁ、よかった。楽しみだな」

蘭子に妹がいるとは知らなかった。知らないのが当然で、たまたま、顔を知って一週間で他人の家庭の事情など知る由もない。当たり前のことである。

良作は日時と場所を決め、連絡し約束をとった。久しぶりに何かわくわくする心地よい胸の鼓動があった。五月第二日曜日、良作いきつけの、いつものフランス料理店ということにした。

蘭子に妹がいるということから、良作の想像はさらに膨らんでいった。父親の影が見えない。あの言葉の印象からだと、二人姉妹だろう。この際、蘭子は、はっきり女としておいたほうがいい。母親の影も薄いが、少し病弱か。父親は、おそらく、姉妹の幼い頃から、いないのではないだろうか。家庭が貧しい印象だがどうだろうか。

貧しい中、妹には何とか資格を取らせようと、姉が懸命に働き、やっと専門学校を卒業させ、看護婦、経理事務、いや、猛烈に勉強し公認会計士、英語を武器に国際線スチュワーデス。良作の想像は勝手だが、なぜか薄幸の姉妹になってしまう。

しかし、また、良作は想像推理が当たるのが快感だった。自分の人生経験から、八、九割は的中すると豪語していた。それだから、人生相談もできるのだと。

9

ホテルのロビーに蘭子がやってきた。約束どおり妹も一緒だった。想像したとおり、二人は目立った。服装以前に、その様子気配そのものが違っていた。良作は人を見る時、まず、そこを見ている。

蘭子は、地味ながらも一点を中心に妖艶美を放っていた。薄いグレーの上下のスーツ、中にはオレンジの開襟シャツ。胸にブルートパーズの小型のハート型ペンダント。靴は黒のハイヒール。長髪は、いつものようにアップにしてまとめていた。この人の首筋は本当に美しいと良作は思った。

蘭子は、自分の見せ方を知っている。自分という全体を客観的に知っていなければ、できないことである。

一方、妹は、これは、見るからにチャキチャキの派手娘の印象だ。これには、良作は意外な思いがした。

オレンジのぴったりしたスラックス（今風に言えばパンツ）にライトグリーンのざっくりした長袖のニットセーター。大きなVネックで、中にはゆったりめの白のTシャツ。アクセサリーはなし。ヒールの高いストラップサンダルはセーターに合わせてグリーン。長い脚が目立った。長髪を無雑作に首のうしろで束ねていた。モデルかショー関係の仕事かと良作は思った。予想の一角が崩れたが、心地よい意外性だった。米軍基地の中で見かけるアメリカ女性の印象にも似ていた。

良作は立ち上がり、二人を迎えた。

「あ、どうも。今日は有り難う。……妹さん？　……初めまして、松城良作です。いやぁ、嬉しいな。お二人揃っていらしてくれるなんて……ゆっくりお話ししながら、お食事でも……時間はいいんでしょう？」

「お誘いいただきまして、とても嬉しく思います。有り難うございます。これが妹の安奈でございます……」

蘭子は、妹を促した。

「あ、初めまして、堀端安奈と申します。……姉がお世話になっております。今日はお招きいただいて……」

外見に似合わず、緊張している様子だった。

「ま、堅苦しいのは抜きにして、さ、行きましょう」


いつものフランス料理店。支配人の矢島。

「松城様、いつもご贔屓いただき有り難うございます。いつものお席をご用意させていただきました」

良作と向かい合い、窓側に蘭子、隣に安奈と席をとった。

安奈は、どこか蘭子の防御か弁護、つまりはガード役として同伴してきたのだろう。たとえば、良作が蘭子を気に入って交際を申し込んできた場合、うまく言い逃れの対策を考えているとか、そういった役目になるだろうと推測できる。外見はこれだけの美貌だから、男の誘いも少なからずあったことだろう。

しかし、また、蘭子は銭湯に行くぐらいだから、地元というか生活の範囲では、家庭の事情を知っている人はいるだろうし、また、妙な興味から詮索する人間もいたかもしれない。

良作には、この日の話の成り行きが、まるで何かの交渉事のように、心躍る気持ちがあった。これからどうなるのだろうかと。

「僕は、沖縄から出てきて、神の道に進もうと思い、今、牧師の修業をしているんですよ。と言うと何か型にはまった……あ、ワイン……はいはい……こちら支配人の矢島さん、ソムリエですよ。……美しいでしょう、お二人。……えっ？　女性のお連れさんは珍しい？　あ、ま、大体は、一人で、のんびりとね……ま、たまには、僕もこういう美しい女性を知っているというところをね、見せなきゃね。アハハ……うん、いいね、このワイン。年代物だね。フランス、シャトー・グランセ・カンパーニャ。うん、いいね。お二人にもお注ぎして……乾杯しましょう。

え？　料理を選ぶ前にワインから？　……そうそう、これが僕のスタイル。慣習を壊していくというね。ワインが先という地方もあるんですよ。欧州には、アッハハハ……。どこまで話したっけ……そう、牧師ね、僕は革命的な牧師になりたいんですよ。清貧と言うどこか宗教臭いイメージではなくて富と清貧のバランスとでも言うか、清濁併せ呑むという、いい表現が日本にはあるでしょう。あのイメージだけど、宗教ではなかなか難しい。だから、宗教ではなくて、新たな心の道とでも言うか、人間が生きている、この世界を丸ごと真実と見る、相対性の中ですべてを認める、己の与えられた役目の中で己の生を全うする、そういう心の道を説いていきたいんです。……いやいや、いきなり、これじゃ、堅苦しくなるよね。二人はお酒はいけるほう？　……そう……蘭子さんは日本酒が合いそうだね。安奈さんは、ん……スタイルからしてアメリカンだから、バーボンのロックとか。沖縄の米軍基地の中で見かけるアメリカ女性の印象もあるな。そういうファッションは、僕の印象だとすごいバタ臭いというか……バタ臭いって分かるよね？　……今、あまり使わない？」

「え、はい、これ？　横須賀の古着屋で見つけたんです。米軍基地からの流れ物だと思います。普段は、こういうのが楽なんです」

安奈が言った。蘭子に比べ、少しトーンは高いが、やはり、アルトの音域だろう。

（これは、また、しびれる声だ）

と、良作は思った。

「妹はダンサーなんです」

と蘭子が言った。そのあと、安奈に目くばせをした。

（言ってもいいでしょう？）

といった合図に感じられた。

（しょうがないでしょう）

と言わんばかりに、安奈は右の肩を軽くすくめた。

「あぁ、ダンサーね。うん、納得だね。そのスタイルと華やかさは、モデルかショー関係の仕事かなと思った。……なるほど……」

良作はさらに深く知りたいと思った。

「ご両親は、……失礼ですけど、差し支えなければ……」

良作の問いを安奈が受け取った。

「父は殆ど家にいません。生きているとは思います。帰ってくるのは暮れの有馬記念の時だけです。有馬記念ってご存じですよね。……えぇ、競馬の……。その時期に帰ってきて、あたしたち二人に、年収を振り分けて、残りを有馬記念にどんとぶち込んで……ええ、賭けてですね、それで、正月明けの十日に、また、旅に出ます。……流れ者なんです、父は。出ていくと、また、年の暮れまで帰ってきません。音沙汰なしです。葉書が夏に一度届くだけです。それもいつも決まっています。

（暑いか？　こっちも暑い。取りあえず生きている。暮れには土産を持って帰る）

これだけです。……父は馬券師なんです。こんな職業ないと思いますけど、競馬でご飯を食べているんです。騎手とか関係者とか、そういうのじゃないですよ。俗に馬でメシを食うとか言うらしいですけど……」

と安奈は一気に喋った。蘭子のほうを向くと、

「話してもいいよね。……あたし、松城さん、何か、信じられそう。生意気言うようだけど。何かいいと思う。……生意気言うようだけど、姉さんを誘った時のこと聞いて、この人信じられると思った。今日、松城さんの話聞いて、やっぱりそうだ、って。自分に正直に生きてるっていうか、……嘘がないっていうか……生意気言うようだけど……」

安奈の意外とも言える反応だった。

「あ、そう、……信じられる。嬉しいね。いや、僕は仲間内では、あいつ、何やってるのか、どこか胡散臭いとか、山師か詐欺師、何で金持ってるんだとか、そりゃ、まぁ、いろいろ言われてますよ。親戚の間でも、誇大妄想の大ボラ吹き、見かけほど金はない

だろう。そのうち破産して路頭に迷うだろう。そうなってカネ貸してくれなんて来ても知らんぞ。まぁ、評判悪いの何の。ま、言いたい奴には言わせておけばいいんですけどね。

それを、君は、安奈さん、……君はね、信じられるって、いやぁ、安奈さん、僕には、君が天使に見えてきたよ。……蘭子さんを初めて見た時、その品のよさと柔らかい物腰に、この人は弥勒菩薩だと思ったけどね。安奈さん、君は、天使だね。……いやぁ、このワインもいいけど、僕は、君のその太陽と月を合わせたような新しい光に、新しい星の、スターの誕生を見つけたような気がする。エンジェル・アンナだよ」

側で聞いていると、何と歯の浮いたようなセリフが口からぽろぽろこぼれるように出てくるものだと呆れるが、しかし、面と向かって言われると悪い気はしない。

良作のムードとリズムにはまると、催眠術にでもかかったかのように、身動きがとれなくなるから不思議だ。

「いやぁ、つい、お喋りに夢中になって、料理を頼まなきゃ……メニューは……と。ごめんなさいね、蘭子さん。……コースでいいですか?」

「私は、そんなにいただけません。……ナポリタンと……コーヒーで……」

と蘭子が言った。

「……？　……？」

良作は、この品のよさに似合わず冗談がうまいと、思わず笑いがこみ上げてきた。ワインの心地よさが、さらに回ってきた。

「あ、そうね。ナポリタン、いいね。ナポリタンにしようか。アハハ……ごめん、ごめん。蘭子さん、楽しい人だね」

「姉さん、フランス料理の店で、ナポリタンはなかとよ」

「いやぁ、うち、こげなとこ、初めてやから、分からんばってん。……とっとよ」

良作はあまりに新鮮な感じがした。

(あれ、九州弁か？　ちょっと……)

良作は、またまた、急な展開にこの二人予測がつかないと慌てた。

(俺としては、何ともならんさあ)

と沖縄が一気に頭を駆け巡る感じがした。

「え、君たち、出身は九州なの？」

「えぇ、そうなんです。思わず出ちゃって。長崎なんです。二人でいる時は、地元の言葉が出ること、あるんです」

と安奈が言った。

「あ、そう。いいよ、いいよ。美人姉妹に九州弁。いいねぇ。俺、女性の九州弁好きなんだよ」

良作も、都会的になるあまり、僕と言っていたのが俺になっていた。

「姉は、周りがまったく見えない人間なんです。自分の世界に入りきって、堀端蘭子を演じることに徹底しているんです」

「失礼いたしました。つい、田舎の言葉が出てしまいました。松城さんの思いを裏切ることにならなければいいんですが……」

「いい、いい。好きなように話して。……面白い姉妹だなぁ。姉妹でいいんだよね。……いい、どうでもいい。姉妹でも兄弟でも。俺、好きだなぁ。いや、もう、これ、いいペースになってきたね。しかし、君たち、先が読めないというか、僕の予想をどんどん覆していくね。この先、どういう展開になるか楽しみだね。いや、参った。……ところで、安奈さんは、どういうダンスをしているの?」

安奈は、しばらく口ごもるような様子をしたあと、アルトが響く声で、静かに口を開いた。

「あたし、ヌード・ダンサーなんです。と言えば、少し恰好がつきますけど、はっきり言いますと、ストリップ・ダンサー、つまり、ストリッパーです……」

「……！」

良作は、またまた、予想が大きくはずれた気がした。

「……あ、そう……いや、いいねぇ……いや、失礼。これは、変な意味じゃなくて、と言うと、余計変になるね。いや、純粋に、僕の気持ちとして素晴しいと思う。職に貴賤はないと言うけど、自分の身体、裸一つで勝負する。それが女性であれば、尚のこと素晴しい、と言うしかない。人間は余計なものを削り落としていけば、裸の身体しかない。そして身体は老いて、いつかは朽ちていく。そして、残るのはその人の意識、心だ。その心の容れ物としての裸身がある。だから、年齢に関係なく、この現世では裸身は美しい。いや、美しくあるべきだ。その美しさを武器に、敢えて武器と言うけど、ね、それで生活していくのは最高の職業だと思う。自分の身体を手入れし整え輝かせ、観に来る人に披露する。そして、観る者を幸せにする。素晴しい仕事だよ」

良作は感嘆し、気持ちが高ぶっていた。

「宗教者として、裸身を、どう捉えるか、つまり、現世を生きる上での裸身をどう考えるかは究極の命題ですよ。だから、常に自分の裸身を見つめ、それと闘っていると言うか、自分の裸身に問い続けている、……問い続けなければ、舞台は務まらないよね。その自分の裸身に問い続ける。あなた、安奈さん、あなたは、僕から見たら、実に偉大な存在だ。貴い。素晴しい。自分の裸身に自覚を持っているから素晴しい」

安奈は、ぽか～んとした様子で、良作の言葉に呆れるというか、半ば酔いかけて、返す言葉が見つからなかった。

「……？　……いえ、そんな風に褒められると、何と言っていいか。そんなに褒められたの初めてですから……気がついたらストリッパーになっていたというか。あたし、元々、モダンダンスが好きで、身体を動かすことが好きだったんですけど、身体の動きを見せるのに、いちいち衣装を考えて気にしながら踊ることに違和感があったんです。面倒くさいなぁって。だから、家で練習する時なんか素っ裸でした。夏なんか、人のいない森とか海辺とか探して裸で踊るのが好きでした。そんな時、当たり前ですけど、解放されるというか、神様が降りてくるような不思議な感じでした。で、ある時、ヌードダンサーの募集を見つけて、あっ、これだと思ったんです。そこは場末のストリップ劇場でしたけど、決心したんです。場末だろうとどこだろうと、ここを自分の表現する場所に、生き場所にしようって……。どんなお客が来ても、自分の舞台は手を抜かない。完璧を目指すと……えぇ、もちろん、全部見せますよ。最後は御開帳です。酒臭いおじさんや、欲望を抑えた若い子、私の股間にじっと目を凝らします。……見せて減るもんじゃなし、ってベテランの踊り子さんがよく言います。あたしも大サービスです」

「妹は、高校を卒業すると、ダンサーになりました。私とは、ひと回り離れているんです。今年で四年目かしら……そうだったわよね？」

と安奈に目をやり、蘭子が話を続けた。

「私が言うのも何ですけど、妹はこのスタイル、容姿です。舞台では華やかでダンスも基礎ができていますから、少しずつ話題になり始め、大手のプロダクション、モデルクラブ、ホテルショーのプロデューサーの方からもお誘いがありました。でも、妹はここが自分の生きる場所だと決め、場末の劇場でのショーを続けています。ご存じかどうでしょうか、一ヶ月ほど前、週刊アングルの取材を受け、グラビアを飾りました。とても光栄なことです。その時の見出しは、……下町のエンジェルです」

「えっ？　あ、そう。知らなかったな。そうかぁ、やっぱり、エンジェルかぁ、アッハハハ、面白い。そんなに話題になってたの。あ、そう。週刊アングルは時々見るけど、その週だけ目にしなかったのかな。やっぱり、エンジェルしかないよなぁ。安奈さんはエンジェルだよ。でも、こうして、お話しすることができる。う～ん、何と言うか、……縁だよねぇ。それで、芸名は？　そのまま使っているの？」

「アンナ、片仮名でアンナです。……松城さんと、こうしてお話しできて、褒めていただいて、何かスッキリした気がします。こんな風に理解してくれる人がいたなんて……今までやってきたこと、間違いなかったって……」

安奈は、上気した気持ちを鎮めるように、フ～っと息を吐いた。

「……姉はね、あたしと、まるで正反対なんです。姉は、外見と様式にこだわるんです。姉には、自分の役を演じ切りたい、という強い思いがあります。あたしが言うのも何ですけど……、そうでしょう？」

と蘭子のほうに目をやった。蘭子は少し間を置いたあと、意を決したように口を開いた。

「なぜか分かりません。私はある時、……ある時です。決められたとおりに生きようと思ったんです。誰が決めたのかと言われると、……それは、大きな存在とでも言えるのかもしれません。胸の奥のどこかに、その大きな存在につながる一点があるようにも思えるし、遥か彼方の遠くから声が届くようにも思えます。とても不思議な感覚です。お前はこう生きろと、ある時、言われたような気がします。台詞も多分全部決められているのかもしれません。……松城さんは、どこか鋭い感覚をお持ちですよね。既に、少しは、私のことお気づきになっていらっしゃるのかもしれません。私自身は、自分は完全な女性と思っています。内面は紛れもなく女です。外見も女性的な印象は明らかです。でも、医学的に見れば、私は男です。思春期から二十歳までの私の人生の悩みはこれでした。そして、二十歳のある時、心の声が聞こえたのです。私自身の声なのか、先ほどお話しした誰かの声なのか、私には分かりません。でも、私自身を勇気づける確かな声でした。……神という言葉を使っていいかどうか分かりません。でも、ひょっとしたら、あれは、神の声だったのではと思うんです。あの瞬間は忘れもしません。胸に響いてきたのです。

（生きなさい。自分の好きなように楽な気持ちで生きなさい。お前の役割はそれだ。お前の優しさで、周りを優しくしなさい。自分を見つめ、美しく生きなさい。言葉遣いに気をつけなさい。人の心を和らげる言葉を使いなさい。そのためにお前にはその声が与えられている。静かにゆるやかに生きることだ。服装は華美にならないように。何も心配することはない。与えられた生を全うしなさい）」

蘭子は、ここまで言うと、まるで気配を消すことが自分の役目のように静かにゆるやかに座っていた。良作は感動していた。しばらく沈黙があった。良作が口を開いた。

「……うーん、素晴しい。僕が思っていたとおり、あなたの存在の本質はそこだ。自分に素直に生きるということは難しいよ。……難しい。そもそも、何が素直なのかは分からない。大きな力に役割を与えられて生きるとしても、そこに自我がぽおっと出てくれば、それに従うことも、また、素直な一面なのか、分からない。生きていく上で、周囲に流されやすくなることもある。ましてや、蘭子さんのように、心と身体の不安定な思春期、そういった時期に、さらに、自らの性に悩むことになる。それでも、心の奥にあなたを輝かせるための力があった。それが内なる声であり、蘭子さんの素直な心が受信した神の声であったかもしれない。蘭子さんは、ある意味、自我を捨て、内なる声、神の声に従って自分の生の役割を全うしようとしている。安奈さんは現世における一切の虚飾を捨て、その身一つ素っ裸で、自分を表現している。美しいね。実に美しい。対照的だけど、お二人は同じ道を歩いているんだね。……不思議な姉妹だな。……いや、これは、話は尽きないね。予想が覆されることは大分あったけど、僕の思っていたとおり、本質的には、僕の思っていたとおりのお二人だった。……実に楽しい夜だ。……話が弾みすぎて、料理に殆ど手がついていない……ごめん、ごめん。いや、楽しすぎて。……僕は食べることに、それほど頓着しないから。僕は今世は美味を追求しないことになっているようだ。……うん、まぁ、高級フランス料理店に来るのは、修業のうち、上を見ておかないと、下のレベルも分からなきゃ、上も分からないだろう。それに高級店に来る客層を観察したり、レストランスタッフの接客マナーを観察したりとか、ま、現世の修業の一環ですよ。僕も沖縄では、クラブショーのプログラムとか、そう、米兵相手のね。連中、ショーにしてもバンド演奏にしても観る目が厳しいから。そのプロデュースとか、ダンサーを雇ったこともあったんですよ。……あぁ、また、話が過ぎて、……さぁ、さぁ、食べましょう。……楽しい夜は更けていくのが早い。……ほら、今、流行っている。ワシントン広場の夜は更けて……。お二人の原点は、これはお母さんだな。そうじゃない？　僕は母を三歳の時亡くしているから、叔父の家に預けられてね、十歳上の従姉がいたんだけど、姉のように慕って、この女性が聖女のような人だった。僕に本の読み方を一生懸命教えてくれた。本人もとても勉強家で、今あるのは、その人の影響だと思う。この人は、熱心なクリスチャンでね、聖書も、その人の影響なんだな。……そう、僕が思うに、お二人のお母さんは、その人にイメージが重なるなぁ。どんな女性だったかは、今日は訊かない。……訊かないけど、どう？　当たらずとも遠からずだろう？　お父さんは、流れ者の馬券師。さて、お母さんは……」

「……え、あのう……母は、六年前に他界しました。……」

「……あ……これは、……あ、そう……失礼なことを言っちゃったね……」

「いえ、話の成り行きですから。私たち気にしていません。松城さんも、どうぞ、お気になさらずに」

「うん、……まぁ……そうだね。お母さんのことは、また、別の機会に、ぜひ、聞かせてほしいんだ。……さ、さ、食べよう」


弥勒菩薩とエンジェル。人を導く役割を担っている。そう考えると、蘭子と安奈、二人の姉妹……敢えて姉妹と言うしかない。純粋性の中で、蘭子は女性なのだから。……この二人の姉妹は、高い精神性の中で生きている不思議な存在だと良作は思った。二人に出会うために、東京に身を置いたのだと思った。

10

良作の歌手活動が始まった。その年の八月のことである。しかし、いくらヒットメーカーの手掛けたデビュー曲とは言え、歌手はまったく無名、歌唱は下手とは言わないが個性的。業界人から見れば、自主制作でどこまで売るつもりなのか、どうぞ勝手にやってください。お手並み拝見というところだろう。

芸名、島龍作。ふるさとの「島」、琉球の最高神「龍」、自分の名前から一字とり「作」で締める。

デビュー曲、A面「東京マイウェイ」、B面「霧のストレンジャー」。

「いやぁ、神様の御託宣お導きで、これで売れなきゃ、僕は山に籠ります」

と、またまた、ホラでホラをラッピング。……と。いやいや、当時、ラッピングとかいう表現はあったかどうか。いや、でも、やはり、ラッピングだろう。ホラの新鮮度が長持ちする。長持ちすればヒットにつながる。

「よしまさ潤としては、今いちだな。本気度がちょっとな。しかし、流行歌というのは時流ってのがあるからな。オリンピックのあとも、まだ好景気は続くだろうし、このバラードとアップテンポのカップリングが、どこか時流を先取りしているような感じで、ひょっとしたら、ひょっとするかもな……」

「いやいや、どうかね。まったくずぶの素人を無名から売り出すってのも、どうなんだ。よしまさ潤にしても、もうピークは過ぎているし、ギャラを積まれてお遊び程度に書いたんじゃないの。テレビは歌謡番組が限られているし、大手レコード会社が強力にプッシュしないと新人となると難しい。やっぱりラジオだろう。ラジオでレコードをジャンジャン流すということだろう。そのルートを作らないことには、どうなの？」

業界の反応は今一つだった。結局、よしまさ潤のネームバリューだけが独り歩きし話題になる程度だった。流行歌は歌謡曲最盛期の時代、自主制作でどこまでヒットに持っていけるのか。良作が立ち上げたコーラルレコードがまったくの未知数、素人経営で宣伝活動も手探り状態だった。

そこは良作、独特の潮目論が出てくる。

「火が点くのは、秋口かなぁ。九月後半に火が点き、ピークは十月下旬から十一月いっぱい、少し落ち着いて静かに年を越し、春先に引いていく。僕の思いが、曲の流れにうまく乗っているから、今の世相のリズムに合っていると思うよ。歌というのは、そういうものだよ。見えない世相の空気をうまく読むというかね」

東京都内、下町を中心に、レコードキャンペーンに歩いた。安奈もスケジュールの合間を縫って手伝った。下町商店街など、安奈が出演する劇場の地域を歩くと安奈は目立った。ピンクのスラックスに男物の白のワイシャツ。胸はボタンを二つはずし、袖は二つ折りほど。白のスニーカー。これは恰好よかった。

グラビアで紹介されたことなどもあり、声がかかったりした。若者からおじさんまで、知る人ぞ知る人気だった。

「お、あれアンナじゃねえか。こんなところ歩くんだ。やっぱり、色っぽいなぁ」

安奈は、まったく気にする風もなく、平気で手を振り投げキッス、スラックスの尻を振ったりしてアピールした。良作にとって、安奈と歩くのは、何とも贅沢な気分だった。

安奈をグラビア撮影したカメラマンや週刊アングルに「取材どうですか」と連絡し、記事になった。これが話題になり、スポーツ紙の芸能欄にも取り上げられ、ヒットに火が点いた。

自称ホラ吹きの帝王にして宗教革命家　現代を唄う

下町の天使アンナと共同戦線　歌謡界に乱入

記事の中で放った龍作の一言が注目され「この男は何者だ」となった。

島龍作が放った一言とは、

「アンナのそれは輝いている。その輝きを知っているのは俺だけだ」

記事を読んだファンが騒ぎ始めた。

「それたぁ、何だ。知った振りしやがって」

当時は電話抗議が主だった。飲み屋でもおっさん若者入り乱れて、「それ騒動」が勃発し燎原の火のように広がって行った。

「何言ってやがんでぇ。オレだってアンナのそれが光っているのぐれぇ、先刻承知之介よ。それってのあよぉ、それに決まってんだよ」

「アンナの御開帳は世界一だぜ。おいら、観音様を拝んでるつもりだからよ。そういう心持ちにさせるのはアンナだけだよ」

「それ？　それってのはそれだろうよ。分かり切ったことを訊くんじゃねえ！」

「……ったく、あの島って野郎、一体全体、何者だぁ」

「それ騒動」に目をつけた週刊誌ウィクリー・マンデーが龍作にインタビューを申し込んできた。龍作は、ここが潮目と受け入れた。龍作はここで喋りまくると張り切った。予想どおり記事は話題をさらった。

〈アンナのダンスは超一流、容姿もラスベガスの舞台に立たせても何ら引けをとらない。それでも彼女はここ日本の下町に拘る。私がアンナのそれを輝かしいと言った。その「それ」が誤解を生んでいるようです。宗教者としての私が言う「それ」とは、ハートの奥にある、まさに人間の本質、「真我《それ》」のことですよ。皆さんご存じかどうか。人間の身体は、気というエネルギーに包まれています。気の流れる道を気脈と言います。心臓、即ちハートにも当然、気脈のルートはあります。その心臓の気脈の中心を真我《それ》と言うのです。そこは見える人にしか見えません。感じることができる人だけが感じることができます。アンナの真我《それ》は輝かしい。私にはそれが見える。ダイアモンドよりも輝いている。それはアンナの純粋性によるものです。私が言ったのはそのことです。アンナはその輝きで多くの人を惹きつけるでしょう。アンナが歩く下町の劇場がやがて聖地となる日が来るかもしれません。

私は時代の先を行く宗教家と自負していました。しかし、アンナに出会い、この人こそ人々を導く天女のような菩薩のような人だと気づいたのです。

私は、確かにビジネスに成功し富を得ました。現世の幸福を手にしたように見えるでしょう。しかし、多くの人を幸福にしたかどうか分からない。聖書を読み数多の書物を読破してきましたが、解釈し理論を構築し人を論破することに満足していたようだ。これは、ある意味停滞です。停滞してはいけないのです。自然は停滞することなく流れています。諸行無常が自然宇宙の法則です。

それに比べ、アンナはスパッと感覚で捉え、己の心のおもむくまま、一切の虚飾装飾をかなぐり捨てて、自らの肉体をさらけ出し、「見せて減るもんじゃなし」という大胆不敵な発想で女道一心《にょどういっしん》のストリッパー人生を歩んで来ました。そして、「見られることで、さらに輝きを増す」という恐るべき境地に辿り着いたのです。見事という他はありません。私はアンナに心の目を開かされた思いです。

感覚で生きる、感性で生きる、季節はめぐり花は咲く、草はひとりでに生える、アンナは宇宙で踊る。アンナの舞台は慈しみのオーラに満ちています。だから、男どもが熱狂する。幸せになる。

私は、女性にもアンナの舞台をぜひ見てほしい。女がアンナのあれを見てどうするんだ？　と思いますか？　しかし、私は、「女はアンナのあれでわれを知る」という出来立ての警句を、女性の皆さんに捧げたい。つまり、あれだけが人生ではないんだと。「われ」とは、「我」と「割れ目」の「われ」、こう二つに掛かるんですね。これを掛かり言葉と言う。こういう深い意味があることを教えてくれる。

アンナは、まさに、現代の聖女である）

この記事と写真が話題となり、「この男と女は何者か」と、まだ二人を知らない地方にも火が点いた。

良作には新感覚の宗教家として、講演依頼が殺到するようになった。安奈には地方のストリップ劇場から、ウチにも来てくれと出演依頼が殺到した。

安奈は、各劇場との個人契約でやっていた。都内数か所を回るには安奈一人で充分やっていけたが、地方の出演をやりくりするには個人では無理があった。良作に相談した。

「僕をマネージャーとして使えばいい。君と一緒に全国旅するなら、こんな楽しいことはない。僕も行く先々で講演を企画すればいい。もちろん、マネージャーの給料はいらないよ。金に困っているわけじゃない。僕の残りの人生は遊びだから。講演料だって、交通費と弁当代にちょっと色をつけたくらいで、サービスサービス。僕は喋ることが楽しい。そして、それを聞く人たちが楽しくなる。会場の空気が明るくなる。それで充分だよ。

来年には、蘭子さんもフリーになるわけだろう？　聞くところによると、真津は来年卒業で結婚が決まっているらしい。そうなると、蘭子さんは御役御免となるわけだから、二人で、僕のところに来たらいい。……一緒に暮らそう。……お父さん？　なに、流れることに疲れたら、僕のところで一緒に住んだらいいよ。いつか、そういう時が来るんだし。

二人に出会い、僕も人間として、宗教者として、新たなステージに上がることができた。言ってみれば、二人は僕の恩人だ。僕には二人を守らなければならない役割がある。特に、蘭子さんのような感性は、僕と君じゃなきゃ守ることはできない。僕が生きている限り、二人を守る。……僕のところに来たらいい。……どう？」

良作は何でも気楽に言っているように見えるが、熟慮の結果をさらりと言うのである。初めて話を聞いた時から、安奈にはいつか一緒になるような予感があった。

良作のデビュー曲は、そこそこのヒットだった。それより、そのあとに出した本が、次々とベストセラーになった。週刊誌のインタビュー記事から、その人物像が話題となり執筆依頼が舞い込むようになった。立て続けに本を出版した。

『新感覚の宗教とは』
『孤高をつらぬく発想』
『説法師はゆく』

『今思うことがあなたの道となる』
『それは、それだ……それ騒動を語る』
『賢人の荒野……私は沖縄県人だ』
『私をメシアと呼ばないで』
『それあれこれで世相を切る』

本は売れに売れた。良作は世相の空気を掴んだ。まさに、世相が求めていた。蘭子と安奈が同居することになり、印税収入で新しいマンションを購入した。良作の潮目を見る目は確かだった。

良作は、蘭子のこれからを考えていた。蘭子の感性を生かし、何かできないか思いを巡らしていた。その気品と柔らかな物腰、魔力を秘めた声、蘭子の全体を生かしたものはないか考えていた。

ぽっと、小料理屋の女将なんてどうだろうかと閃いた。小綺麗で清潔な店。蘭子のオーラが店を柔らかく包み、来る者が気持ちよく酔い、美味な料理をつまみ、気持ちが豊かになり、ほろ酔いで家路につく。料理は得意だし、蘭子の和服姿で接客すれば、その容姿と声で来る者を魅了する。

良作は、簡単なデザインを気楽に考える。しかし、まるで、道案内人が待っていたかのように、道が開け、スムーズに事が運ぶのだ。

安奈に話すと、

「姉さんにイメージぴったり、あたしもスケジュールが空けば手伝えばいいし、いずれは二人でやれば楽しい。こぢんまりとした小さな店でよかと。ウチも空いた日は手伝うとよ」

と大乗り気だった。

＊

堀端の父親が帰ってきた時の話が面白い。良作とのコラボが絶妙だった。しかし、当時、コラボなどという表現があったかどうか。

父親は堀端栄之助と言った。ボストンバッグにスポーツ新聞の束をねじ込んで帰ってきた。安奈と良作の記事が掲載されたスポーツ紙である。

「いや、記念になるんじゃねえかとな。ま、大した荷物になるわけじゃねえし、安奈もけっこうなものだ。……ところで、おめえ牧師だってな。また、妙な組み合わせで、子供たちが世話になり、すまねえというのか、ありがてえってのか、まぁ、よろしく頼むぜ」

栄之助は長崎弁ではなかった。

「いや、それは身内の時だけだよ。普段は、ほれ、下町の仕事が長かったから江戸弁だ。それにおらぁ落語が好きだしな」

栄之助は良作をまじまじと見つめながらタバコに火を点けた。一つ長い煙を吐くと話を続けた。そのゆったりとした物腰がよかった。

「……おらぁ、学もねぇし、スポーツ新聞と競馬新聞しか読まねえからな。それでも、娘が牧師と付き合ってる風情《ふぜい》だから、ちょっと教養とかの真似事でもと思ってな、そのイエス・キリストって野郎のことをちょぃと知ろうと、町の本屋に寄ったんだよ。そうしたら、『ちょうど一冊残ってました』って新約聖書ってのを買わされた。読んでみたら、これが面白いの何のって……いや、はじめの四つの福音書だ。これがいい。まぁ、字面を追っていただけだけどな、イエスの野郎の言っていること、全部呑み込めたわけじゃねえ。しかし、これ、おれが馬券で常日頃考えていることだろうと衝撃だったね」

「お父さん、いや、いきなりで失礼かとは思いますが、お父さんと呼ばせてください。おっしゃるとおりだと思います。私も沖縄で米兵相手に商売やってきました。あの広いアメリカ各地から乗り込んできた、まさに海のものとも山のものとも知れない連中、それも図体の大きい野郎どもがドル札をちらつかせながら遊びますからね。毎日が必死でした。連中、気に入らないと喰ってかかってきますから。信用信頼を得るにはどうしたらいいのか。当時のコザは……基地の町コザです。ご存じですか？ ……まさに不夜城でした。やる気があれば金はうなるように入ってきました。基地のアメリカ人を相手に靴磨き、基地住宅の草刈り、芝生の手入れ、クリーニングから始め、金になることは何でもやりました。何しろ沖縄は貧しかったですから。誰よりも早く、誰よりも綺麗にと仕事を取るのに一生懸命でした。『あのグッド・ボーイ』と評判になり、仕事も増えていきました。やがて基地内のレストランに採用され、そこからコツコツと積み上げ、ビリヤード場を経営するまでになりました。結局、自分に対する信仰信頼ですよ。妙な言い方ですけどね。己を信じるしかないんです。その己に対する姿勢が相手の信用を得ることになるんです。私はこれをイエスから学びました」

「それそれ、だから、あれだろう……信ずるとか信頼とかの有り様《よう》をイエスは言っているんだろう。だから小難しく言やぁ、信仰とかな……、まぁ、おれの柄でもねえけどよ。あいつはおれより信仰が薄いとか厚いとか、比較の問題じゃねえってことだよな。つまりは、あるのかないのか、ただそれだけだろう？　百パーセントかゼロパーセントか。なぜ、人は他人を信じれるのか。人となり、言っていること、その奥にある、まぁ、何て言うのか、見えない力とか、美しさとか、佇まいとか、まぁ、そういうことかねぇ。……いや、これ、おれが言っているのか？　不思議な感じだな。……そういうのが合わさってこの人を信じます、となるわけだからな。……ほら、『幼子《おさなご》のように信じよ』っていうくだりがあるだろう。あれは幼い子が親を思う、あの百パーセントの信頼を信仰に譬えているんだろう？　一点の曇りもない百パーセントの信頼、これはすごいね。これを弟子たちに試している。アンドレだったか、漁師道具を捨て、舟を捨て、親を捨て、イエスに付いて行く。『信仰薄き者たちよ』と一喝する光景《シーン》があるだろう？　水の上を歩くイエスに弟子たちが付いて来れない。何だ、お前たちは！　『信仰薄き』ではなくて、あれは『信仰なき者たちよ』じゃねえのかな。あるのか、ないのか。ただそれだけだからな。信仰があれば、『病は消えた。歩いてゆけ』なんて、おいおい、それだよ。分かる分かる。おらぁ、喫茶店で思わず膝を打ち、コーヒーをこぼしてやがんのよ。笑っちゃったよ。

どこで、どう、おれの馬券予想につながるのか自分でも分からねえが、どこか通ずるのがあるんだよ」

その馬券哲学が面白い。栄之助は、何本目かのタバコに火を点け、大きく吸い込んだ。瞑目し、しばらく息を止めた。気持ちよさそうにゆっくり吐き出すと、話を続けた。

「いや、おらぁ、これでずっと飯を食っている。ま、食わせてもらっていると言ったほうが正しいけどな。もう、この道三十年にもなるかなぁ。有り難いものだ。この世に競馬がある限り、おまんまにありつけるんだから。

皆さん、当てようと思うから当たらないんだよ。当てようという気持ちの裏には、またはずれるかもしれないという気持ちが必ず働いている。そうすると、結果はハズレ。ほうら、やっぱりそうだ。てめえで結果を作っているんだよ。それじゃあ、当たらないよ。『当たり馬券』を『掴む』ってならなきゃな。そうじゃなきゃ金は入らないよ。人は言葉で動いている。人は言葉で動かされている。この世で生きている限り、人は言葉がすべてだ。生きる言葉を使う。動く言葉を使う。そういう言葉を自分の内《なか》に持つ。信念などという大仰なものではない。自然にだよ、自然に言葉が湧いてくる。最強の自然体なんて自分では言っているけどな。これを、おらぁ、イエスの野郎に教えてもらった。……いやぁ、ここまで話せるのもイエスのおかげだ。二千年の時を超えて……か。ダイナミックだねえ。

おらぁ、ある時気づいたんだよ。このレースの結果は既についている。その結果をどう掴むのか、どう見つけるのか。まぁ、予言なんて胡散臭い物言いはしたくねえけどよ、結果は既に、おれたちの脳ミソの中にあるんじゃねえかと考えたわけだよ。これを信じるかどうかなんだよな。その頭の中にある事実とどう出合うかだろう。イエスはそういうことを言ってるんじゃねえかと思ったね」

「う〜ん、お父さん、素晴しい。素朴に物の本質を捉えるのは難しい。……何て言ったらいいのか、…蘭子さん、安奈さん、お二人にも感動したけど、このお方、お父さん、あなた、……こんなに素直に本質に入れる人も珍しい。スパッと掴んでいますね。……素晴しい……」

「……ん？　これ、褒められているのか？　何か、こっ恥《ぱ》ずかしい感じだな。……まぁ、な、おらぁ、野球で言やぁ、三割バッターみてえなもんだ。狙ったレースを三回に一回当たりゃ、おまんま食っていけるってもんだ。しかし、身を削るような予想だ。簡単なものじゃない。何しろ、てめえの脳ミソをまさぐって結果を探っているんだからな。あとは当日の馬のやる気とレース展開という、データでは分からねぇ、どうにも厄介な部分が絡んでくる。しかし、酔った頭でレース展開を予想しながら眠りに入るのが何とも言えない楽しみだね。偶《たま》には夢のお告《つ》げに出合う時もある。ホント、面白いぞ。……まぁ、珍しい話も山とあるけどな。切りがねえから、続きはまたってことで。……そいつら二人の母親のことは二人に訊いてくれ。おれの口からじゃ切ないからな……。松城さん……、長い付き合いになるといいねぇ」

年が明け、栄之助は新たな旅に出た。

＊

安奈も新しい段階に入っていた。地方の仕事も一段落し、東京を拠点に良作に付いて話術を学ぶことになった。心に疼くものがあり、話したくなったという。話術の基本は「掴み」にある。どこで掴むか。良作の講演の前座のような形で、少しずつ自然に話したいことを始めてみた。

「私の歩いて来た道」
「そのままの私」

安奈の持ち前の明るさ、大らかさ、舞台度胸が徐々に聴衆の心を掴んでいった。何かが始まった。

話のテーマも増えていった。良作は知っていたのかもしれない。

「私の素っ裸の青春」
「女道一心《にょどういっしん》について」
「脱ぐことの心地よさ」
「あなたも脱いでみませんか」

安奈の講演は、若い女性層を中心に大きなうねりとなり、単独講演でも会場は満杯の状態だった。

「……あたしは、スカッと生きたいの。思うままに、心を素にして、何もかも脱ぎ捨て、嘘のない、あるがままの人生を楽しんで貫きたい。そうやって生きたいの。スパッと感性のままに……」

安奈の話に感動した若い女性が脱ぎ出すというハプニングが続出した。

新感覚の宗教家と現役ストリッパーの合同講演会は、まさに現代における奇跡の出来事だった。

「純粋性とは不純の反対にあるのではない。不純の反対にあるのは、それは純粋です。純粋性とは、不純と純粋を併せ包む大らかさ、選択しない雄大さ、さらに言葉にならない無言性を言う。ただ、沈黙、そして、沈黙も消える。これを純粋性と言う。……と、しかし、無言沈黙と言いながら、言葉にしては、どうかなぁ、と、思うでしょう？　でもね、言葉は、単に手掛かりですよ。この手掛かりからピーンと言葉にならないものを感じてください。ピーンです。でも、このピーンもパーンとなり、ボーンとなり、やがて消えるかもしれない。かもしれない、なんて無責任なと思うでしょう。しかし、感じるって、そういうものですよ。感じて、感じて、自分にしか分からない感じ。そう言うしかないな」

良作は、安奈と旅することが楽しかった。こんな楽しい思いをするのは初めてだと思った。安奈単独の講演の場合は、マネージャーとして同行した。マネージャーは自分に合っていると思った。

終わりに

時は流れ、平成の時代となりました。

あの人は東京。私は沖縄。殆ど会う機会もなく、私をスティーブと呼んでいたあの頃を懐かしむ歳になっていました。著書は目にし、年賀状のやりとりはありました。あの人の年賀状は、いつも封書でした。雑誌のグラビアなど写真を切り取り、曼荼羅のようなコラージュを作り、言葉が添えてありました。曰く、

「思いが世界を創る」

「孤独を恐れるな」

「明るく朗らかに」

「心は永遠」

「幸福とは、心の平安」

最後となった年賀状には、

「妻と家族に感謝」

とありました。

あの人は、昭和五年の生まれですから、あの人が七十三歳になった平成十五年（私の計算が間違っていなければ）、あの人からの年賀状はありませんでした。どこか具合でも悪いのかなと案じていました。私は例年どおり年賀状を出していました。

一月四日に電話がありました。

「松城の家内の安奈でございます……」

私は案じていたことが、もしや、と思い、一瞬頭が空白になりました。安奈さんは言葉を続けました。

「……主人は、昨年五月に他界しました。主人が誰にも知らせるな、ということでしたので、お知らせするのを控えておりましたが、年賀状をいただき、失礼になってはいけないと思い、お電話を差し上げた次第です。……えぇ、何か心に感じることがあったようです。……明け方、私の手を握りながら、静かに息を引きとりました。姉の蘭子も側におりました……」

後日、あらためて、安奈さんと蘭子さんの連名で丁重なお葉書をいただきました。

ある意味、あの人は一代の快男児だったと言えるでしょう。

好きな道を、大きな声で朗らかに歩き、決して怒ることなく、そして、理想の女性に不思議な縁で出会い、結ばれた。約束どおり、安奈さんと蘭子さんを、自分が死ぬまでは、しっかりと守り通した。悔いのない人生だったと思います。

その年は、元日から好天気が続き、葉書が届いた日の夜、東の空に、一つの流星が輝くのが見えました。

（了）

朝《あした》の雨

夕べから宵となり、夜中、暁《あかとき》をへて朝《あした》となる。

昭和も終わりにさしかかった頃……。


……孝介は当直室のベッドに横たわり、天井を見るともなく見ていた。午前一時を回っていた。鎮痛剤の処置で三階病棟に行ってきたところだった。

寝入りばなを起こされたせいで目が冴えていた。病棟から戻ると、飲み残しのコーヒーを少し口にした。しばらくは眠れそうになかった。枕を心持ち高くして、ベッドに仰向けになった。

電気スタンドの灯りで部屋にいろいろな陰影ができる。古い壁の染みや汚れがそれに重なり、影とも紋様ともつかない陰影の広がりとなる。これをそのままなぞって色でもつければ、立派な作品だな、とぼんやり思ったりした。

天井から壁へ、明から暗へ、見るともなく眺めるともなく視線を移していった。そうすると、天井も壁もなく、視野に入る部屋全体がひとつながりのスクリーンのようになり、陰影の広がりが雲のように流れていく。しばらくすると、陰影の広がりの中に、様々な顔が浮かび上がってくる。

孝介はこの顔らしき影と対面するのが、まんざら嫌いでもなかった。しかし、これはただの影だと高を括っていると、頑として動かない、人の顔になって迫ってくることがある。少し気味が悪くなり、目をそらすなり閉じるなりしてから、また見ると、やはり人の顔なのだ。そのまま見続けると、今度はなぜか親しみが湧いてくる。

（……ん？　何か喋っているのか？　口が動いている。表情に動きがあるな、……言いたいことがある？）

夢とも現ともつかない世界に入りそうになり、ふっと元に戻る。

その後は、徐々に焦点がずれて、顔は何の変哲もない普通の影に戻る。

先入観をもって見るから、人の顔に見えてくるのか、それとも、これはこの部屋に出入りした人間の意識のエネルギーの残りが、そういう現象を起こさせているのか、と思いが膨らんでいく。

いや、やはり意識の残留エネルギーの仕業に違いない、と孝介は思いたかった。

残留エネルギーとは、現世的に言えば、未練とも言い換えられる。あるいは、仏教的に言えば、業とも表現できるだろうか。

建物が立っている土地に由来する人々の意識、古《いにしえ》から現代までその土地に出入りした意識など。

病院の立っているこの場所が古戦場だったという噂を聞いたことがある。土地に関係した人の意識から、その意識に憑《と》りついた人の意識まで遡り、エネルギーの強さの程度によって顔が浮かんだり消えたりするのだろう、と孝介は思った。

と言うことは、この地球上、人のいた場所には、何かしらの未練が空気のように漂っていることになる。

様々な年代、地層に生きたであろう様々な人々、様々な意識が重なり、複雑な記憶の層を創り出す。それが折りにふれ、共感共鳴して出てくるのかもしれない。

文明人には文明人の未練、未開人には未開人の未練など。

「先生、三〇一号室の中野さん、お願いします。血圧が急に下がってきました。呼吸状態も弱くなっています」

病棟からの電話だった。職業的な急を告げる看護婦の声が耳に響《つ》いた。

「末期《ターミナル》だからなぁ。静かに見守るしかないけど……家族の方、見えてるようだね」

「ええ、それで、先生をどうしても呼んでくれと……」

「分かった。今、行く」

孝介は返事をすると、椅子に掛けられている白衣を取り、階下に急いだ。

当直室は最上階の五階にあった。最上階の当直室を不便だと言う医師もいたが、孝介は呼ばれて下りていくのはあまり気にならなかった。下りるのは階段、上がるのはエレベーター、これが孝介には楽だった。

孝介の勤務する病院では、深夜でも起こされるのはごく普通のことであり、この日もゆっくりと眠れそうにない夜だった。

主治医の古沢から「今晩あたりになりそうなので、よろしく……」と言われていた。

死は何をさしおいても、大きな出来事である。騒動さえも巻き起こす。しかし、周囲の騒動など何知らぬ顔で、時に冷たくあしらうかのように、平然と訪れるのである。死を悲しむ人の気持ちなど、まったく意に介さないようだ。

死は自分のことを雨風雲と同じまったくの自然現象と思っているのである。潮の引く時が来れば、それがその時なのだ。

もし、「死」に語ることができるならば、

「神様が行けと言ったから来たまでだ。自然に逆らえないのは、お前も知っているだろう」

と、言うかもしれない。あるいは、

「あなたも、既に知っていると思いますが、わたしにはどうすることもできないのです。神様の指示で来たまでです」

と穏やかに言うのかもしれない。

すべての生物に限られた時間が与えられている。与えられている時間の中で、死ぬ時は死ぬだろう。助かる者は助かるだろう。生物の存在するところ、死、すなわち終末は必ず訪れる。それは人間なら誰でも体験する。しかし、その体験を語ることは誰にもできない。語ることのできない体験、死とはまったくもって不思議な現象だ。

＊

三階に下り、三〇一号室に急いだ。

三〇一号室。重症患者、癌末期の患者のための一人部屋。室内に入ると、末期の病の独特の臭いが感じられた。主治医からおおよその説明を受けていたのか、家族親戚と思しき人たちが六人ほど集まっていた。

「すみません。ちょっと失礼……」

孝介は家族を分け入るように、患者のベッドサイドに行った。

「おい、ほら、先生の診察だよ」

年配の男が、ベッドの側で患者の手を握っている母親らしき女に声をかけ手前に呼んだ。孝介は、型どおりに脈をとり、聴診器を胸にあてた。夜明け前には逝くだろうと思った。家族の何人かを看護ステーションに呼び、説明することにした。

患者、中野麗子、二十五歳。胃癌に病み一年近くを経過していた。美貌を誇っていた女性だった、と言うより、その美貌で周りから羨望を受けていた、と言ったほうがいいだろうか。

二十歳の頃は、近隣のミス何とやらに選ばれたこともあったという。それが、今では見る影もない。癌が全身に拡がり、美貌を失い、やつれ果てている。抗癌剤で頭髪は抜け落ち、身体は痩せ細り、その一方で癌性腹膜炎による腹水貯留で、腹部だけは膨れ上がっていた。

ここ数週間は、鎮痛剤・精神安定剤などで殆ど眠っている状態だった。目が覚めると、痛みの訴えと二歳になる娘の名前を繰り返していた。

孝介は取りあえず現状の説明を始めようと思った。

「主治医の古沢から聞いていると思いますが」

「はい、……古沢先生には一生懸命やってもらいました。……感謝しています」

中野麗子の両親と夫の芳雄だった。両親は近郊の農家の朴訥な夫婦だった。

「よぉく説明は受けています。……もう癌も末期ということで、家族としても諦めていましたけど、いざこうなると、やはり忍びないと言いますか、……えぇ、ここ二、三日が山だろうと……先生、あの様子だと、今晩あたりですかねぇ。あんなに弱ってんじゃ、素人目にも分かりますよねぇ。昨日の様子で、もうそろそろと思ったものですから、……東京と北海道から娘の姉妹を、呼んで……」

「あんな若さでも、胃癌なんてかかるもんなんですか？　親はこんなにぴんぴんしてるのに、何だか、神様って薄情なもんだなぁ、とつくづく思いますよ」

父親は落ち着いていたが、母親はさすがに憔悴した様子で、時々、涙まじりになった。

「芳雄さんに申しわけなくてね、まだ、結婚三年目だっていうのに、彩乃もまだ二歳になったばかりでねぇ、これから楽しいこともいっぱい……ほんとに、これからなんですよね。……ほんとに仲のいい夫婦だったんですよ。結婚式もいい結婚式で……新婚旅行は沖縄で……海がきれいで暖かくていいところだから、今度お母さんも一緒に行こうって、やさしい娘だったんですよ……」

夫の芳雄は、口を固く閉じ、終始無言のまま話を聞いていた。父親が口をはさんだ。

「お前、そんなこと、ここで愚痴ってもしょうがないだろう。今は、麗子が楽に逝けるよう、先生に最後をお願いするしかないんだから」

「だけど、先生、本当に麗子はもうだめなんですか？　何とかならないんですか？」

「え、ま、残念ですけど、あそこまで癌が拡がってしまうと、対症療法に終始すると言いますか、痛みを抑えたり症状を和らげる、といった治療になりますね」

孝介は、主治医もおそらく何度も説明したであろう話を繰り返すばかりだった。

「あの子は少し神経質なものだから、胃の調子が悪いと言っちゃ病院で検査を受けていたんです。ここ二年くらいのことかねぇ、彩乃が生まれてからだから、そんなもんだね、芳雄さん」

母親に訊かれ、夫の芳雄が重い口を開いた。

「何度検査しても、ストレス性胃炎だろうってね、胃薬ばかりもらって。それでも調子悪いと言うんで、また病院を変えてみたんです。三軒目の病院で、さらに詳しい検査が必要だということで、ここの病院を紹介してもらって、ところが、手術もできないほど進行しているって言うじゃないですか。それなら、今までの検査は何だったんだ、と……。まぁ、運が悪いと言うか、何て言うか……」

冷静だった芳雄がだんだん興奮して語気も強くなってきた。

「ま、家族の皆さんにとっては、悔やんでも悔やみきれないところもあると思いますが、癌も発生する場所によっては、診断の難しいのもありますし、中野さんの場合、そういった非常に診断の難しい種類だったんですね。確かに不運というような、こういうことを言っちゃ何ですが……また時期によっては……」

孝介の話を遮るように、母親が涙声になって、

「こんなんだったら、元気なうちに好きなことをやらせて彩乃ともいっぱい遊ばせておけばよかったなぁと、最近は、芳雄さんとも話していたんですよ」

と、声を詰まらせた。芳雄はまた口を固く閉じ、床をじっと見ていた。しばらく沈黙が続いた。病状説明も何も孝介は聞き役にまわったほうがいいと思ったのだ。

「専門の病院と聞いて安心していたら、みるみる痩せ細り、容態は悪くなる一方。いったい、治療は効果あったんですか?」

「主治医の古沢からもお聞きになっていると思いますが、手術できない癌の治療も少しずつですが進歩しているんですね。中野さんの場合も一時期、効果が期待できる、という時があったんですが、ただ、癌の転移が既に広範囲で進行が速く、我々の力及ばずで、残念ですが……」

「いえ、先生方には、よくしていただきました。彩乃も看護婦さんに可愛がってもらって、いつもそこの詰め所のところで、楽しそうにして……本当に感謝してるんです。

……ただ、身内の我儘と言いますか……」

その時、看護婦の伊藤美幸が孝介にそっと近づいてきた。

「先生、三〇二号室の青木さんが、……先生にどうしても、と……」

と、小声で囁くように言った。

「先生、お忙しい中、長々と、どうもすみませんでした」

芳雄が恐縮するような口調で言った。

「……こうなると、何が何だか分からなくて主治医の古沢先生から話を聞いて諦めたつもりでいたんですが、妻が、このまま死んでしまうとは、……信じられないですよ。……お忙しいところ、つい気が立ってしまって、……最後まで、よろしくお願いします」

三人は病室に戻って行った。

＊

三〇二号室は孝介の受け持ち患者で、一日百本のヘビースモーカー、五十六歳の男性で肺癌だった。

友人宅で麻雀の最中に、タバコを吸い込むと同時に喉に引っかかるものを感じ、咳してみると血の固まりだった、と言う。

その後も喀血が続き、慌てて外来に駆け込んだ。そのまま入院となったが、入院後は出血は止まっている。

入院して一週間、医師・看護婦には一言も口を開かず、無言を貫いていた。質問には首を縦に振るか横に振るか、それだけで、あとはひたすら瞑目するか本を読んでいた。あるいは、宙をじっと見つめ、好きなタバコをくゆらせていた。

問診の時、喫煙本数を訊かれると、看護婦のボールペンを取り、カルテのページに「100」と大書きした。看護婦が呆れた顔をすると、ニタッと笑い、派手なウインクをした。

休憩室でタバコを吸っているところを看護婦に注意されたりすると、これもニタッと笑い、大きな煙のドーナツを続けざまに吐き出したりした。職業は自ら「放浪者」と書いた。

放浪者、青木茂。五十六歳。

青木はベッドで壁を背にして座っていた。

「いや、別に、どうってことないんだけどよ。先生が当直だって聞いたもんだから、ちょっと呼んでもらったんだよ」

外来で診察して以来、久しぶりに聞く青木の声だった。

「眠れないんですか？　睡眠剤でも出しましょうか？」

「隣の部屋、何かと騒々しいが、今日あたり逝きそうなのか？　廊下を歩きながら、チラチラ中の様子が見えたが、大分弱っているようだったな。三〇一、二、三ってのは、大体が見通しの立たないのが入るんだろう？　俺なんか最初からだもんな。すぐに逝きそうってことだよな。何も隠さなくてもいいから、先生、何でも正直に言ってくれよ。覚悟はできてるから。遠慮はいらないよ」

「青木さんは、ここしか空《あ》きがなかったので、取りあえずこの部屋にしたまでで、いずれ大部屋に移りますから。変に勘ぐらないほうがいいと思いますけど。それに、まだ、検査は終了していませんから。それより、タバコは、やはり、喉への刺激を考えれば止《や》めたほうがいいと思いますよ。今は、止血の処置と内服薬で、取りあえず症状を抑えてありますが、今後のことを考えれば、思いきり止《や》めたほうがいいと思いますけど」

「いや、これだけは勘弁してくれ。注意してもらうのは有り難いが、今更、減らしたところでどうなるものでもないだろう。俺の人生にはタバコがあった。どうだい、これで。……タバコは好きだね。止《や》められないね。……考えてみると、やっぱり、俺の場合はじいさんだったな。じいさんとの思い出だよな。じいさんは大工でね、煙管《キセル》をぽぉんと叩いて、カッコよかったね。俺がじっと見つめているものだから、『おい、ちょっとやってみるか』なんてね、俺にいたずらさせたんだよ。あれが原点だなぁ。じいさん、めしのあとなんか、いかにも楽しそうに煙管にタバコの葉つめてね、うまそうに吸ってたね。粋だったねぇ。九十まで生きたね。オヤジが今七十六だね。オヤジはタバコ吸わねぇんだよ。隔世遺伝ってヤツか？　じいさんは死ぬまで煙管だったね。最後はポックリ逝ったよ。俺もポックリ逝きたいけど、オヤジより先に逝っちゃ、さまにならねぇよな。……しかし、じいさんは俺の頭から離れないね。とにかく粋だった」

　青木は、昔を思い出すように、煙管を持つような手振りを見せながら話を続けた。

「それから、俺たちの世代は、……やっぱり、ジャン・ギャバンになるかな、あの吸い方、憧れたね。フランスのジタンかゴロワーズ、こう根元まで深く吸うんだよな。吸い終わると、こう、指で弾いてポンと捨てるんだよ。今はポイ捨ては法律違反だろう？　条例？　そうか、ま、昔の映画観りゃ、大スターの皆さま、カッコよくポイ捨て、靴で踏みつぶす。あんなのは、もう、カッコつけてマネしようったって、時代が許さねぇよな。こう見えてもね、俺、ちょっと役者修業したことがあるんだよ。舞台だけどね……ん？　小劇団、たいしたこたぁねえ。わいわいやって楽しかったね。……うん……。

あとは、マックイーン、ドロン、ブロンソンか。『さらば友よ』観た？　あのタバコに火を点けるシーン、しびれたね。とにかくタバコは絵になった。時代の男のダンディズムとでも言うのか、タバコ一本で物語ができたんじゃねぇか。あぁ、こう話していると一服したくなった。……日本じゃ、俺は缶ピー一筋だな。今の若いのは缶ピーも知らねぇからな。おじさん柿ピーの間違いじゃないのって、まったく時代だね。どこもかしこも禁煙じゃ、缶ピーも天然記念物だろう。

缶ピーって缶入りピースのこと、知ってんだろう？　ピースも知らねえのか。タバコの銘柄だよ。両切りってフィルターのついてないやつね。喉をつく刺激がたまんないね。な、そうだろう。あ、医者の先生はタバコ吸わねえのか。健全だね。俺は缶ピーにマッチだよ。マッチも知らねぇかな？　ライターなんて野暮な物、俺は使わんよ。……マッチを擦るあの間《ま》、マッチは両手じゃなきゃ火が点けられないだろ、ま、普通はよ。中には片手で点ける器用な野郎もいるけどよ、ま、普通は両手だよな。すると、自《おの》ずとタバコを口にくわえてマッチを擦ることになる。この間《ま》、……この間《ま》がね、いいんだよ」

青木は、身振り手振りで立ち上がりそうになった。話は江戸落語の調子で立て板に水の勢いになっていた。

「……この間《ま》でね、詩も生まれるのよな……ま、気取ることもないけどよ。ほら、寺山何とかいう競馬評論家、あいつの有名な句……ぇぇ、……マッチ擦るつかの間《ま》海に霧深し、……その後は、何だ……祖国は遠くなりにけり、……だったか、いやいや、たまには、教養の欠けらもな……」

「身捨つるほどの祖国はありや……」

「あぁ、それそれ、先生詳しいじゃねぇか。とにかく、ま、今の世の中、健全すぎて息がつまりそうだよな。どこか不健全な部分もあったほうがいいんだよ。そう思いませんか？　俺の生きる時代は、もう終わったってことだよな。ギャバン去り、マックイーン去り、ブロンソン去り、か。え？　ブロンソンはまだ生きてる？　そうか。最近では映画も観ねぇからな。ま、その、何だ。タバコのダンディズムだよ。……で、この俺か。あぁ、人生短し、五十有余年、下天のうちに、羽目はずし、はい、それまでよ、か。先生、治療も検査も好きにやっていいよ。抗癌剤使うのか？　いいよ、どうぞ、軽いやつを頼むよ。これは軽いのがいい。え？　……いいよ隠さなくたって。俺、癌なんだろう？　……はい、はい、立派に付き合っていきますよ。……しかし、俺、金あったかな」

青木は饒舌だった。こんなに青木が喋ろうとは、孝介は思ってもいなかった。

「俺がよく喋るんで、びっくりしているみたいだな。眠気も吹っ飛んだか？　ま、そんなに呆れた顔をしないで聞いてくれよ。

いや、何ね、隣が騒々しいもんだから、俺も胸がわささしてね、喋りたい気分なんだよ。ま、ちょっと付き合ってくれよ」

青木はいつまた口を開くか分からない。孝介は、この機会に聞くだけ聞いておこうと思った。

「ちょっと、失礼」

と、側にあった椅子に腰を下ろした。

病棟は三〇一号室の他は落ち着いているようだった。青木は続けた。

「……俺は高校の時、家を飛び出して以来、外国へも貨物船に潜り込んだり、アメリカからヨーロッパ、インドと放浪の旅もした。いろんな世界を覗いたが、病院ってところは全然想像したこともないし、まさか、自分が入るとも思っていなかった。だから、この毎日が新鮮でね、面白かった。面白いってのは、想像をかき立てる面白さじゃなくて、人間ってのは可哀想な生き物だなってつくづく考えたね。

偉そうな御託並べながら、てめえの始末もつけられなくて、あぁだこうだと文句ばかり言うやつがいるだろう? え? 俺? いや、俺は別にしてよ。その、何だ。ここは、まるで、創造的じゃないね。自立できる人間まで自立できなくさせるところだね。八方塞がり、何か動物園の光景に似ているな。俺の世界じゃないってのはよく分かった。

最初、咳こんで血を見た時は慌てふためいたけどよ、何を今更と、どこかで捨てた命じゃねぇかとカッコつけたくなったわけよ。歩けるうちにもう一度歩きたいところもあるし、会って話したい人もいる。最後は野垂れ死にか……まぁ、俺らしくていいかもしれねえな。先生、俺、そのうち病院脱走ってことになりそうだな。どうしますか」

「それは、まぁ、青木さんの人生ですから、結末の選択については、とやかく言えませんが……難しいところですね。僕らは勝手に掴まえておいて何するわけにもいきませんし、これは、やはり、本人の選択ですよね。ただ、これは、我々の経験上言えることですが、適切な治療の時期というのはありますから、できる範囲のことはきちっとしておかないと、後悔することになりますよ。……それより、明日九時から、検査がありますね。もう、そのくらいにしてお休みになったほうがいいでしょう。寝る前の薬飲みました?」

「あ、あれね。今飲む?」

「……それじゃ……」

「それとよ、先生。部屋はずっとこの部屋にしてくれないかな。こんなゆったりした個室、生まれて初めてだからな。壁の染みまで年季が入っていて、何かここで亡くなった人の顔に見えてくるんだよ。俺もここが最後になるかもしれないし、よろしく頼むよ」

「それは、考えておきましょう」

思いがけない青木の独演に付き合わされたが、壁の顔の話には思わず笑いたくなった。こういう似た話は、意外にも近くにあるものだと、くすぐられるような気持ちだった。三〇二号室を出ると、孝介は看護ステーションに戻りカルテを少し整理した。

*

「ずいぶん長かったんですね、青木さん」

伊藤美幸が、看護記録をつけながら声をかけてきた。

「あの人の声を聞いたのは、外来での診察以来だよ。入院してからは、ひたすら沈黙を守っていたけどね。よく喋っていたな」

「すみません。どうしても呼んでくれってきかないものですから。ところで、先生、誰か言っていましたけど、あの青木さん、『俺、金ないから、こんなとこ長くいられない』って、『喀血も止まっているし、もう用はねぇ』なんて他の患者さんにこっそりと言っているみたいですよ」

「変わっているけど、面白いところあるよな。だけど、あれだけ話すところを見ると、不安な部分もあるんだろう。身内の人は、まだ来ないの？」

「ええ、連絡とっているみたいですけど。あ、先生、噂をすれば……」

美幸が視線を送る先を振り向くと、青木が頭を軽く下げるようにして孝介を呼んでいた。

「すんません。一服したら、ちゃんと寝ますから。そこのロビーで一本やらせてください」

「いいですよ、どうぞ」

孝介は所在なげに答えた。

「いつも夜中にああして一服してるみたいですね。でも、声をかけてくるのは珍しいな。……お喋り効果かな。……先生、コーヒーでも入れますか？」

「あぁ、もらおうか」

「お砂糖とクリーム、どうします？」

「少し入れようか」

美幸は席を離れると、

「じゃ、ちょっと待ってください」

と、休憩室へ向かった。

外はみぞれまじりの雨が降っていた。ここは東北の一地方都市、A市。三月に入り、早春を思わせる暖かい日がしばらく続いていた。例年になく暖かいなと思っていると、昨日から降り始めた雨で、北国らしい寒さがまた戻ってきた。

「また、寒さが少し戻ったみたいですね」

「うん、このあとだな、ほんとに暖かくなるのは。ここの春っていいよね」

「先生、沖縄でしたよね。海がきれいなんでしょう?」

「僕から見れば、ここの山の風景も素晴しいよ。冬から春へのこの時期は何とも言えない味わいがあるね。あの自然がむくむくと目を覚まし、春に向かって起き上がっていく、あの感じがね、南国にはないんだよ」

一度起こされて眠気は去っていたが、美幸と話しているうちに、すっかり覚めてしまった。今日は当直室に戻るのはやめた、と孝介は思った。あの容態では最後まで付き合わなければならないだろうし、美幸だったら一晩話してもいいと思ったのだ。

「それよりも、ここのところ続きますね。日勤帯でも一人亡くなっていますし、一週間で五人ですよ。あたし、こんなの初めて。ここに来て一年になるけど」

美幸は、何か心躍るように、まるでうきうきするような口調で言った。その時、病棟の処置を終えた藤村千枝が、

「あら、あなたが来る前、一日二人が確か二日続いた時があったわね」

と、看護ステーションに入って来るなり言葉をはさんだ。まるで戦績でも誇っているかのような口ぶりだった。確かに経験はその人の誇るべき戦績なのだ。

「あぁ、あの時か……」

さすがに孝介も気分の重い時があった。夜半に宿舎の窓から眺めた光景は、今でもはっきりと覚えている。病院の白い建物から、病院全体を包むかのように何か靄とも霧ともつかない、うっすらとした白いものが立ち昇るのに出会ったのだ。自然現象だけと

も思えず、孝介は、しばらく、その光景を眺めていた。
「あの時は大変だった。霊安室から一日中線香が途切れなかった。病院内も何か臭っていた。あれは線香の匂いだけじゃなかったな」

地方のがんセンターを看板とするこの病院は、大半が癌患者だった。消化器系、肺癌を中心に、多くの癌の患者が入院していた。転移性の癌で他の病院で見放されたように、入院してくる例も多かった。

孝介がこの地に赴任してきて二年が経っていた。癌の末期は当然のように死の結末を迎えることになる。多くの黄泉《よみ》への旅立ちを見送った。殆どが癌の苦痛に耐えながらの死だったと言えるだろう。もっとも、そう考えるのは生きている人間だからかもしれない。最後の最後は誰にも分からない。そこはもうまったく未知の領域である。孝介は、苦しみながら死んだ人ほど、死に顔が安らかなような気がしていた。最後に痛みを忘れる瞬間、あるいは、死ぬ瞬間に何か解放される感覚があるのだろうか、と思ったりもした。

「脳内麻薬説」によれば、苦痛の極み、あるいは、死の間際に、脳内で麻薬類似物質が分泌され、これが人間に最後の安らぎをもたらすという。しかし、すべては体験だ。人間の歴史上、誰もこの体験を語っていない。


「はい、先生、特性のコーヒーよ」

「インスタントだろう？」

「あら、失礼ね。ちゃんと豆を挽いて、コーヒーメーカーですからね」

「あ、ごめん、ごめん。……ん……真夜中のコーヒーもいいもんだな」

「……でしょう。ちょっとね、あたし、最近、コーヒーに凝ってるの。ミユキ・スペシャル・ブレンドですからね」

孝介はひと口啜った。少し甘味のあるコーヒーも深夜には悪くないと思った。

「ねぇ、ミユキ、あたしにもお願い。そろそろ眠気覚ましに飲んどかないとね。今晩あたり、逝きそうじゃない？　中野さん」

その日の検査予定のリストを確認しながら、千枝が言った。

二人とも、二十代前半というところだろう。仕事柄とは言え、人の死にも慣れ、死後の処置も平然とこなす。また一つ、誇るべき戦績が増えていくのだ。窓の外は雨脚が強くなってきたようだ。また寒い日が続くのかと思うと滅入る気持ちになる。

「だけど、続く時って、ホントに続くのよね」

美幸が、もう一つのコーヒーをカップに注ぎながら言った。

「やっぱり一人で逝くのは寂しいらしいよ。まるで、ガイドなしで外国旅行するみたいなものだと言うからね」

と、孝介が言った。

「あ、また、先生の霊界物語が始まった。先生、見えるって、もっぱらの噂よ。ホントなの?」

「見えるって、何が……」

「例の霊よ。幽霊の霊って言ったほうがいいのかな。いや、やっぱり、霊魂の霊よね」

「あ、あの霊ね。さぁ、どうかな。想像にまかせるよ。こんなこと、証明できるものでもないからね。もし、そういう能力があったとしても、何がどうなるわけでもない。

君だって、僕なんか全然分からない高度なジャズを理解できるわけだろう。僕から見れば、それこそ異星人じゃないかと思うよ。ま、個人の感覚の問題だな。

何が見えて何が見えてないか、あるいは、何が聞こえて何が聞こえてないか、そういうことは本人にしか分からないことだからね。僕と君だって、お互い全然別の感覚で見たり聞いたり感じたりしながら、お互い、同じように感じていると思い、納得しながら生きているかもしれないんだよ」

「え！　どういうこと？　先生のそういう話になると、分かんなくなっちゃう。……でも、何となく分かるような……人間それぞれ眼の色素が違うってこと？　それぞれ違うサングラスをかけてるとか……分かったようで分からない」

「先生、あの世って、あると思います？　あたし、絶対、あると思う」

千枝が、ここぞとばかり、勢いよく乗ってきた。

「あたし、おじいちゃんが去年亡くなったのね。亡くなる三日くらい前から、古いアルバムを取り出して嬉しそうに見てたの。そして、亡くなる前の晩に、門に出てね、おばあちゃん迎えに来てるかなって……、父なんか、おかしなこと言うな、いよいよボケてきたかなって。その日の晩酌はとても楽しそうでね、あぁ、いい酒だ、いい酒だって盛んに言ってたのよ。次の朝、いつもより遅いので母が起こしに行ったら、もう、それっきりだったわね」

「千枝のとこのおじいちゃん、元気だったのよね」

「元気も元気。酒、タバコ、女、何でもござれの八十歳。夏の地方競馬のシーズンともなると、日参カローラよ。……あれ？　カローラはトヨタだった？　ま、どっちでもいいか。競馬場に日参してたって言いたいわけ。質屋通いは序の口で……古いわね、この歌。おじいちゃんがいつも歌っていたのよ、競馬に出かける時。これ何ていう歌だった？　先生。……あぁ、あたしって不謹慎ね。おとなしくしてよ」

「いいの、いいの。それが、千枝の持ち味なんだから」

「そうよね。あたし、スカッと明るく死にたいの。ね、そうでしょ。自分の死なのに何一つ知らされず、一人だけ蚊帳の外で死んでいくなんておかしいもの。どこかの偉い先生も言っていたけど、死ぬのに医者なんていらないわよ。そう思いません、先生」

　電気が一つも二つも増えたような、千枝の明るさは格別だった。

「そうだな、動物なんて、みんな、自分の死ぬ時を知っているっていうからな。人間にも本来、そういう能力はあるはずなんだよな。それに何かが蓋をしているんだよ。近代文明とか医療とか、ま、はっきりしたことは分からないけど、何かに依存したり便利になった分、何かを失ったんだろうな。

僕らの子供の頃は、むしろそういったお年寄りが多かったような気がする。死期をそれとなく悟り、身支度を整えるようになる。そして、その日は、寝る前に決まって風呂に入るね。

死期が近づいて、それを自分で薄々感じているお年寄りは、清々しくて美しいね。それが本来の人間の姿だと思う」

孝介も久しぶりに饒舌になっていた。二人と話しながら、三年前に亡くなった父親のことをふと思い出していた。

亡くなる年の正月明けの一月十三日の夜。父はいつものように読書と物書きに専念していた。母がお茶を持っていくと、熱い緑茶を啜りながら、母にふともらしたという。

「……その何だね。歳を重ねると心に感ずるものが一つ一つはっきりしたものになってくる。……今年は、そろそろ逝きそうな気がするな」

母は、いきなりいくとは何のことか、と少し胸騒ぎをおぼえたという。

「何を急におっしゃるんです？　いきそうって何のことですか？」

「この歳になって、いくとは逝くことだよ。慌てなさんな。お前も私と付き合って何年になる。私の性格から何からずいぶんと知っているはずだ。私も歌詠みの端くれとして長年生活してきた。お前も直截な表現じゃなくて情緒というものを感じ取らなければいけないよ。私の言っている意味は分かるだろう。私も自分の病気のことはいろいろ調べたよ」

父は一年前に膵臓癌の手術を受けていた。

「やはり、手術は私には少しこたえた。体力の衰えはいかんともしがたい。そう好きな本も長い時間読めなくなった。今は心に残る本だけを再読している毎日だ。

何もこの歳になって恰好をつけるつもりはないよ。来るものはいつかは来るんだし、心に感じて響くものがあれば、それがその時だよ。これは、はっきり一つの体験だと思っているよ。このまま、何もかも消えてなくなるのでは、自分のこの生きてきた感動があまりにあっけないからね。神様はそんなに薄情じゃないと思うよ。やっぱり、この思いはどこかの世界に残るんだよ。

人間は最後に最も新鮮な体験をするようにできているのかもしれないね」

母は最初びっくりしたが、父の言葉をそのまま素直に受けとることにした。

父はその二ヶ月後、眠るようにして逝った。


「……先生、何をぼやっとしてるの？　何か考えごと？」

「あ、いや、ちょっとね」

「何か、あたしたちのうしろに見えるの？　イヤだぁ」

「あ、やっぱり、見えるのよ、先生」

「また、そのことか。そうじゃないよ。オヤジの最期のことを、ちょっと思い出していたんだ。


そう言えば、ほら、山元洋平さん、憶えている？　あの人も化学療法中に何を思ったのか、急に外泊させてくれなんて言い出してね、ちょうど抗癌剤の副作用が出始めた時期だったから、もう少し待ってくれって言ったんだよ。それでも、どうしても帰りたいってきかないんだな。僕も、先の長い病気でもないししょうがないから、一泊だけということで外泊を許可したんだよ。

そうしたら、翌朝、自宅で息を引きとりましたって、家族からの電話だろう。あの時はさすがにびっくりしたな。虫の知らせってやつだろうね」

「あの日は、先生とあたしで山元さんの自宅まで行ったのよね。一応、外泊中でもあり、死亡確認ということだったんですよね」

美幸が思い出すように言った。

「そうだな。奥さんの話だと、前の晩、実に楽しそうにしてたっていうね。久しぶりの我が家。風呂にゆっくり浸かり、子供さんをまじえて団欒のひととき、早めに布団に入って、……奥さんが夜中に目が覚め、妙に頭が冴えて、しばらくは昔のことなど、思い出していて、ハッと気がついた。いつもは寝息がはっきりしている洋平さんが、あまりに静かだった。奥さんは血の気が引く思いだったという。そのままお亡くなりになっていたんだね。僕たちも顔を見させてもらったけど、安らかないい顔をしていた」

「死に方としては最高ね。人間にもそういうことができる、そういう能力が備わっているってことよね。とにかく、今の時代、人間の自然を壊しすぎるって思わない？　あたし、おじいちゃんみたいなのが理想だな」

と千枝が言った。

その時、コールがあり、三〇一号室から、家族の一人が勢いよく出てきた。

「すみません。お願いします」

孝介は、モニターを視野の端に感じながら、看護ステーションを出た。

(思ったより早く逝きそうだな)

という思いがちらと孝介の脳裏をよぎった。孝介は病室に急いだ。


中に入ると、病室の隅に子供が一人寝かされていた。中野麗子の子供のようだった。時折、父親と見舞いに来ていた。看護婦たちが代わる代わる抱っこし、楽しげにしているのを見かけたことがある。母親の病気のことは、あの年齢では、おそらく知らないだろう。看護婦たちと無邪気に遊んでいた。

そして今、母の逝く病室で、子供は静かに寝息を立てている。母の最期になるであろうこの部屋の闇は、子供にとっては、いつものように心地よい眠りのための闇に違いない。どんな夢を見ているのだろうか。何か不思議な光景だと、孝介は思った。

母の逝く闇の深さの中で、どこからか子守唄が聞こえてくるような気がした。その子をじっと見ていたたい衝動にかられた。

覚悟していたとは言え、さすがにこらえ切れなくなったのか、病室の中で嗚咽が聞こえてきた。芳雄は麗子の枕元に顔を埋め、抱きしめるようにして泣き伏していた。

孝介は、できるだけ周到に最期を飾ってあげなければと思った。

*

死後の処置に忙しい病室に入り、孝介は二人の看護婦の仕事ぶりを見ていた。そして、また、部屋の状況を感じていた。

孝介は機会があれば、そうして、「死」というものが、どこに行くのか感じて知りたいと思っていた。一個の物体と化した、かつての人間という存在、そして、そこに内在されていた確かなエネルギー、それがそのあたりにまだ漂っているような気がした。

死とは見事なものだと思った。

形はないが確かにあったもの、人間を人間たらしめていた確かなもの、それが明瞭に抜け出ている。それこそが人間という存在の本質なのだと思った。確かに漂っている。形はないが漂っている。そして広がりをもって昇っていく。はるかに自由におおらかになって昇っていく。

いつか夜半に見た病院の光景は、やはりそういうことなのだと思った。

「腹水はできるだけ抜いて、お腹はぺしゃんこにしてあげたほうがいいな。……ミユキ、そこの右足のほうを持ち上げてくれる。……そう……わぁ、背中は皮下の出血が拡がっていたのね。末期の状態になってからずいぶんと長かったものね」

病室には独特の臭いが立ちこめていた。死んだ人間の臭い、抜け殻の臭い、残された排泄物の臭い、働く生きた人間の臭い。

（現世とは、臭いと匂いの混沌か）

と、孝介は思った。

看護婦二人は、慣れた手つきで流れ作業のように仕事を続けていた。

身体を丁寧に拭き、家族の持ってきた衣装を着せ、死に化粧を施した。

「はい、口紅を塗って終わりですからね」

美幸が、まるで生きている人間に話しかけるように、遺体に向かって言った。生前の美貌が戻ったようであった。顔を白布で覆い、霊安室へ静かに送り出した。

青木が寝ぼけ眼《まなこ》の間延びした調子で病室から出てきた。

「看護婦さん、夕べ大変だったろう。ごくろうさん。やっぱり、逝っちゃたみたいだな。可哀想に。まだ若かったんだろう？　明日は我が身か、……先生は？」

掃除の終わった三〇一号室を覗き込むようにしながら青木は言った。

昨夜の喋りをきっかけに沈黙を解いたのか、いつもと違う青木の様子に、早番勤務の看護婦たちも意外な感じがしたようだ。

孝介が霊安室で手を合わせたあと、病棟に戻りかけると、中野麗子の父親に呼び止められた。

「先生、お手数おかけしました。有り難うございました。余計な長話をしてしまいまして、失礼致しました。一分一秒でも生き延びてほしいなんて、身内の我儘を言ってしまいましたが、あの安らかな麗子の死に顔を見ると、麗子のためにはこれでよかったのかな、と、……しかし、まぁ、孫のことを思うと不憫で……」

「……お力になれませんで、……どうぞお気を落とさずに。お孫さん、元気に育ててあげてください」

母親も近寄ってきた。

「先生、遅くまで申しわけありませんでした。古沢先生にもよろしくお伝えください」

「古沢は、もうすぐ出勤してくると思います」

涙目に憔悴の色は隠せなかった、心なしかほっとしているようにも、孝介には見受けられた。


北国の夜明けは早い。孝介は霊安室から三階病棟に戻ると、病棟休憩室の椅子に座ってうとうとしていた。

早朝採血の準備を終えた美幸と千枝の二人が入ってきた。

雨は上がっているようだった。昇り始めた朝日が、ガラス窓から射し込み部屋の中を生き生きとさせていた。

「先生、コーヒーは……」

美幸の明るい声で、朝の鼓動が伝わってきた。

「あぁ、もらおうか」

何か伸びをしたい気分で孝介は返事した。

「朝はブラックでしたね」

「あたし、久しぶりにココアなんて、しゃれてみようかな」

千枝がカセットテープをセットし、プレイヤーをオンにした。

しばらくすると、ギターの導入部が胸にしみ入るように流れてきた。モダン・フォークの名曲「朝《あした》の雨」だった。

朝早い雨の中を
私は一人で旅立っていく

孝介は、目を閉じ、しばらく、じっと聴いていた。歌の曲想そのままに、朝日の中を小雨が、さぁっと過ぎて行った。

「……いい曲ね。誰が歌っているの?」

美幸がコーヒーカップを揃えながら言った。

「ピーター・ポール&マリー、アメリカのフォークグループだよ。懐かしいな……」

「兄が持ってたから、借りてきたの。……いい感じね」

千枝が言った。

雨上がりの晴れた朝に寄り添うようないい曲だと孝介は思った。

朝の陽射しに応《こた》え、ギターの音が窓ガラスを軽くノックするように響いていた。コーヒーのドリップする音が、それに合わせて控えめにリズムを刻んでいた。

「だけど、あの子、可哀想ね。お母さんが亡くなった部屋で眠っていたなんて、全然憶えていないんだろうな……」

「二つになるかならないかよね、確か。みんなに可愛がられて、ここにもよく来て、お菓子食べてたわよね……、はい、先生、コーヒー」

「あ、ほら、帰って行くわよ、あの子」

明るい陽射しの窓から、雨上がりの道を父親に手を引かれ、病院を出て行く子供の背中が見えた。

よく眠れたのだろうか。弾むような足どりで、朝日に向かって歩いていた。駐車場のほうに行くのだろう。あとから大人たちが数人続く。

霊安室から回ってきたワゴン車が途中でスピードを落とし何か合図して、そのまま走り去った。遺体を乗せた車のようだった。

病院玄関前の木々の水滴が朝日を浴びてきらきらと輝いていた。子供に手を振っているように思えた。

孝介は窓ガラスの露を手で拭き取った。帰って行く子供の姿をはっきり見ようと思ったのだ。

晴れてよかった、と思った。ただ何となくそう思った。

ゆっくりと味わうようにコーヒーカップを口に運んだ。苦味と酸味がほどよくブレンドされた、いいコーヒーだった。朝の濃いコーヒーが身体にしみわたっていくのを感じた。

窓の外は、雨上がりの朝にふさわしく、ほのかな水の精が踊り始めていた。

いい朝だと誰かは叫ぶだろう。そう、そのとおり、今日はいい朝なのだ。よく眠った子にふさわしい、そして、水の精が踊るにふさわしい、ごく普通の、ありふれた、いい朝なのだ。

誰かは死んだかもしれない。また、誰かは生まれたのだ。
明るい陽射しの中、霧のような雨が降り出した。
父親に手を引かれ、走り出す子供の姿が霧雨の中に消えていった。

朝早い雨の中を
私は一人で旅立っていく

（了）

本書に収録した作品はすべてフィクションです。現在では不適切とされる表現がありますが、物語の時代背景からそのまま使っています。

あとがき

小説を書いてみた。来し方を振り返り、折々の忘れられない光景《シーン》を物語として紡いでみた。小説の体裁をなしているのかどうか、自分では分からない。

小説というのは、登場人物が作者の思惑を超え勝手に喋り出すような感覚がある。執筆中、なるほど、小説家の皆様はこういう楽しみ方をしているのかと、失礼ながら、勝手に想像したりした。新鮮な体験だった。アイデアがふっと降りてくる。あわてて走り書きする時など、一人ほくそ笑み、脳の不思議を感じた。小説集とは、いささか面映ゆい気もするが、上梓されると、やはり、感慨深い。

企画、編集に携わってくださった、文芸社スタッフの方々に感謝申し上げます。

平成三十年　初秋　海比人

著者プロフィール

海比人（あまびと）

1948年生まれ、沖縄県出身。
20代の頃に沖ヨガの沖正弘導師に出会い、修業という日常を学んだ。
その後、野口晴哉氏の著作に出会い、生を全うする自然の豊かさを学んだ。
禅者OSHOオショーとの出会いは、意識を探求する旅の始まりだった。

范泰生のペンネームで『日日是生死―日日是笑止』（2002年、文芸社）、『青天の彼方へ』（2016年、文芸社）を出版。

島人語歌《しまびとかたりうた》

2018年 11月15日　初版第１刷発行

著　者　海比人
発行者　瓜谷 綱延
発行所　株式会社文芸社
〒160-0022　東京都新宿区新宿1－10－1
電話　03-5369-3060（代表）
03-5369-2299（販売）

印刷所　株式会社フクイン

ISBN978-4-286-20035-4　JASRAC 出 1807901 － 801